덧없는 세월에 마음을 빼앗기고

덧없는 세월에 마음을 빼앗기고

인쇄 · 2014년 11월 10일 | 발행 · 2014년 11월 15일

지은이 · 곽 근
펴낸이 · 한봉숙
펴낸곳 · 푸른사상사
주간 · 맹문재 | 편집 · 지순이 | 교정 · 유정희

등록 · 1999년 7월 8일 제2-2876호
주소 · 서울시 중구 충무로 29(초동) 아시아미디어타워 502호
대표전화 · 02) 2268-8706(7) | 팩시밀리 · 02) 2268-8708
이메일 · prun21c@hanmail.net / prunsasang@naver.com
홈페이지 · http://www.prun21c.com

ⓒ 곽 근, 2014

ISBN 979-11-308-0299-2 03810
값 18,700원

덧없는 세월에
마음을
빼앗기고

곽 근 산문집

푸른사상
PRUNSASANG

지금까지 써온 글들을 한자리에 모아본다. 글들을 모으면서 뒤돌아 보니 감회가 새롭다. 그만큼 먼 거리를 달려온 셈이다. 누구나 그렇겠 지만 희노애락애오욕이 점철된 삶이라고나 할까. 이제 몸담았던 직장 도 떠나야 한다. 하나하나 마무리를 해야 한다. 아름다운 마무리가 되 었으면 하는 바람이다.

1부는 고향과 그곳에서 보낸 어린 시절에 얽힌 이야기들이 주를 이 룬다. 많은 사람들이 고향과 어린 시절을 회고하며 즐겁고 행복했던 추억을 떠올리는데 내게는 그렇지 않다. 슬프거나 괴로웠던 기억뿐 이다. 고향과 얽혀 있는 일들을 생각할 때마다 서럽고 속상할 뿐이다. 이런 감정들을 가라앉히고 글을 쓴다고 나름대로 노력한 편이다.

2부는 다소 교훈적인 경향의 글이다. 학생들을 가르치며 세월을 보 냈기에 그들과 관련된 글이 대종을 이루고, 따라서 자칫하면 훈계조 가 되곤 한다. 되도록 그런 태도를 버리고 담담히 의견을 피력해 보 려 했는데 결과가 어떨지 걱정이다. 3부는 생활 주변에서 겪은 일이 거나 그것을 본 느낌을 적어본 것이다. 4부는 여행기로 국내여행기

2편에 해외여행기 2편을 실었다. 생각해보니 외국 여행으로는 동유럽·서유럽·터키·미동부·동남아·중국 등 다녀온 곳이 더 있다. 일본은 몇 차례 되는 듯하다. 하지만 여행기는 쓰지 못하고 말았다. 동유럽·서유럽·터키·미동부는 비교적 긴 여정이라 여행기 쓰는 시간도 많이 걸릴 듯싶어 엄두를 못 냈다. 나머지는 차일피일하다가 쓸 기회를 놓쳤다. 기회를 만들어 써볼까 하는 생각이 없지 않다. 5부는 가벼운 논평에 속한다. 평론집에 실려도 될 것을 쉽고 가볍게 썼으므로 이곳에 포함하기로 한다. 6부는 주로 대학생과 학습 현장에 관련된 글이다.

부록은 1972년 7월부터 1973년 3월까지 약 9개월간 취업을 위해 동분서주했던 때의 기록이다. 자신의 치부를 드러내는 것 같아 상당히 망설인 것이 사실이다. 여기서는 내 개인의 이야기보다 1970년대 초반 우리나라 교육계의 현실을 드러내고픈 의도가 더 강했다고 볼 수 있다. 그 후의 이야기를 하지 못하고 끝낸 것은 시간적 여유도 없었고, 자칫 개인의 자랑거리만 늘어놓게 되는 결과가 되지 않을까 우려했기 때문이다.

이런 글을 쓰는 것이 본업이 아닌 만큼 어설프기 짝이 없다. 이와 같은 글을 무어라고 불러야 할까. 어쨌든 그간 이곳저곳에서 청탁을 받고 그에 따라 쓰다 보니 이런저런 글이 된 듯하다. 그럼에도 불구하고 이 책을 산문집이라고 명명하기로 한다.

이 글들은 지난 세월 동안 틈틈이 쓰다 보니 가장 먼저 쓴 것과 맨 나중 것이 거의 40년 거리가 있다. 호랑이는 죽어서 가죽을 남기고 사람은 죽어서 이름을 남긴다고 했던가. 이런 조각글이나마 그냥 버리기가 아까워 모은 것을 조그만 흔적이라도 남기고픈 인간의 몸부림 정도로 이해해 주시길 바란다.

출판사에 아무런 도움도 주지 못하는 이 글을 기꺼이 책으로 출판해주신 푸른사상사 한봉숙 사장님께 깊이 감사드린다.

2014년 11월
곽 근

제2부

제5부

제6부

부록

제1부

나의 고향

　　이희승 박사가 펴낸 『국어대사전』에 보면 고향을 두 가지로 풀이해 놓고 있다. 첫째, 제가 나서 자라난 곳. 둘째, 제 조상이 오래 누려 살던 곳. 이 중 아마도 첫째의 의미로 받아들이는 이들이 많을 듯싶다. 남들과 비교해 볼 때 나의 고향은 다소 모호하고 복잡한 편이다. 고향이 모호하고 복잡하다니 언뜻 이해하기 어려울는지 모른다.

　　어머니의 말씀에 의하거나 호적등본을 보건대 내가 태어난 곳은 '충청북도 음성군 음성면 삼성리 101번지'다. 이곳에서 만 삼년 정도 살기도 했단다. 그런데 음성을 고향이라고 생각한 적은 한 번도 없다. 떠난 지 수십 년이 지나고 그 후 거의 가지도 않았기 때문이다. 그곳을 딱 한 번 찾았던 기억이 있다. 고등학교 입학시험을 치르고 난 직후였던 것 같다.

　　소위 고등학교 입학 기념 여행을 했던 듯싶다. 네 살 위인 삼촌과 함께 일가친척을 두루 찾아보자고 떠났는데 내가 태어난 곳이 포함되었다. 거기에는 몇 가구의 친척이 살고 있다고 했다.

"떠난 지 십 년이 지난 뒤 고향을 찾게 되면 콩나물을 가지고 가야 한다."

고향 가까이에 있는 외가에 들렀을 때 외할머니께서 하신 말씀이다. 그 말씀대로 콩나물 한 움큼을 가지고 간 것 같다. 그곳은 그야말로 첩첩산중이다. 시내를 건너 깊은 계곡을 바라보며 한참 걷다가 어느 순간 왼편으로 꺾어진다. 거기서 얼마를 더 가면 사람 사는 동네가 있을까 싶은 곳에 제법 큰 마을이 나타난다. 어귀에 큰 나무가 우람하게 서 있고 그 뒤에 제법 여러 채의 초가집이 엎드려 있다. 여기가 내가 태어난 곳이란다. 하늘이 삼천 평이란 말이 실감 날 정도로 사방을 둘러보아야 산이요, 머리 위로만 빠끔히 하늘이 뚫려 있다. 처음 찾아왔다는 감회보다도 이런 골짜기에서 태어났다는 놀람이 더 컸던 것 같다. 지금도 그런 이미지만 남아 있을 뿐 그 외의 추억은 없다. 그러니 태어나서 삼 년쯤 산 적이 있지만, 고향이라고 말할 수는 없을 것 같다.

거기서 이사한 곳이 '경기도 안성군 서운면 현매리 산 8번지'다. 여기서 초등학교와 중·고등학교를 마치고, 서울로 완전히 이사하기 전까지 살았다. 명실상부한 고향인 셈이다. 본적지로도 기재되어 있고 요즈음도 가끔이지만 들르곤 한다. 그러나 누가 고향이 어디냐고 했을 때 안성이라고 한 적이 없다. 이곳에 대해서도 알지 못하기 때문이다. 그 대신 충청남도 천안이라고 대답한다. 그 이유는 이렇다.

어린 시절과 학창 시절을 보낸 '안성군 서운면 현매리'는 '천안군 입장면 유리'와 함께 경기도와 충청남도의 경계선상에 위치해 있다. 마을의 절반은 경기도이고 나머지는 충청남도인 셈이다. 같은 면 소재지인데 입장면에서 서운면에 없는 중학교가 있고 오일장도 섰으며 무엇보다도 집에서 가까웠다. 생활 근거지가 자연히 입장면, 즉 천안군 쪽으로 기울어졌다. 안성군에 거주하면서 천안군에서 활동하게 된 것이다.

주소지와 활동 지역이 다른 삶. 문제는 여기서부터 비롯된다. 언뜻 생각할 때 그게 뭐 대수로운 일인가 할 것이다. 그러나 이러한 고향이 어쩌면 숙명처럼 내 성격을 결정하지 않았나 생각한다. 서울서 모이는 안성향우회에는 가보았자 아는 이 하나도 없이 이방인처럼 소외될 것이고, 천안향우회에는 애초부터 회원 자격이 없어 참석할 수도 없는 상태. 이 같은 처지가 내 성격과 희한하게 맞아떨어지는 것이다.

맺고 끊음이 확실하지 않은 흐리멍덩함. 단호히 결정하지 못하고 매사에 어물쩍거리는 애매모호함. 좋다거나 싫다고 딱 부러지게 단정하지 못하는 우유부단함. 이런 뜨뜻미지근하고 소심한 성격과 태도가 이 고향의 위치와 결코 무관하지 않다는 생각이다.

성격은 선천적일는지 모른다. 그런데 왜 자꾸만 그 원인이 경계선에 위치한 고향과 관련 있는 것처럼 생각되는지. 어쩔 수 없이 이희승 박사의 개념과는 달리 자신이 오래 생활하여 잘 알고 있는 곳이 고향이라고 내 멋대로 정해본다. 그러고 보면 주소지와 본적지가 안성임에도 불구하고 나의 고향은 천안이 될 수밖에 없다.

(천안문학, 1993. 5)

고향 생각

　'인간은 간사한 동물'이라고 한다. 이 말을 뒷받침할 만한 인간의 행동은 얼마든지 발견할 수 있다. 가령 남에게 입은 은혜는 곧잘 잊어버려도 그 반대로 원한은 오래 간직하는 것도 그 한 예이다. 나 또한 예외일 수 없다. 지나온 날을 더듬어 볼 때 기쁘거나 즐거웠던 일보다는 괴롭거나 서러웠던 순간들이 아무래도 더 많이 떠오른다.

　나의 고향에 대한 추억도 늘 어두움뿐이다. 살다 보면 어찌 슬프거나 궂은일뿐이겠는가. 재미있거나 행복한 경우도 얼마든지 있을 것이다. 그럼에도 불구하고 잊어버리고 싶지 않은 달콤한 추억, 영원히 간직하고 싶은 가슴 설레는 기억은 떠오르지 않는다.

　나의 고향은 정말 특색 없는 곳이다. 특색 없는 것이 특색이라고나 할까. 푸른 파도 넘실대는 광활한 바다는 언감생심이라도, 그 흔한 시냇물 한 줄기 흐르지 않는다. 그렇다고 고산준령이 우뚝하냐 하면 그

것도 아니요, 명승고적 하나 찾아볼 수 없다. 밋밋하고 펀펀한 들판만이 멋없이 마냥 펼쳐져 있을 따름이다. 처음부터 꿈이나 낭만이 깃들여지가 없었는지 모른다.

그런 들판을 헤저어 다니면서 풀 베던 어린 시절이 생각난다. 쇠꼴이었기에 풀베기는 봄부터 가을까지 계속된다. 그때마다 자주 만나게 되는 뱀들이 나를 얼마나 기절초풍하게 했던지. 뱀한테 물린 적도 없고 그녀석이 달아나기에 더 바쁜데도 왜 그토록 징그러워했는지. 어릴 때나 지금이나 뱀에 관한 한 싫어하는 정도가 아니라 증오하고 저주하는 수준이다. 징그럽고 몸서리가 쳐져서 그 감정을 이루 다 표현하지 못할 정도다.

아마도 초등학교 6학년 때쯤의 장마철이었던 듯싶다. 소나기가 억수로 쏟아지는데 맨발인 채 큰 웅덩이에서 어레미(충청도에서는 얼게미라고 한다)로 물고기를 잡았다. 어레미질을 할 때마다 제법 굵직한 미꾸라지가 한두 마리 혹은 서너 마리씩 걸려드는 것이었다. 녀석들이 타다닥 요동치는 모습이라니. 저절로 신바람이 났다. 정신없이 건져올렸다. 그러던 중 한순간 모든 감각이 마비되고 말았다.

막 들어올린 어레미 안에 길쭉한 물뱀 한 마리가 꿈틀거리고 있지 않는가. 혼비백산하여 온몸이 사시나무 떨 듯했다. 어떻게 집에 돌아왔는지 모른다. 그 후 많은 세월 동안 몸의 상태가 안 좋다든지 다급한 일에 쫓길 때면 어김없이 뱀이 나타나는 악몽에 시달리곤 한다.

독나방도 한몫했다. 온몸에 난 오돌토돌한 수포로 괴롭히던 나방이의 독. 그 물집은 미치고 환장하게 가려워서 피가 흐르도록 긁어도 시원치 않았다. 어디 이뿐인가. 지열 때문에 땀을 비 오듯 흘리며 하던 긴긴 여름날의 콩밭 매기. 견딜 수 없는 졸음에 이를 깨물며 줍던 신새벽의 보리이삭.

고향을 떠나 서울에서 산 지도 어언 삼십 년 가까이 된다. 강산이 세 번 변할 세월이다. 변하는 것은 사람의 마음도 마찬가지인 모양이다. 요즈음엔 그토록 저주스럽던 고향에 가고픈 생각이 든다. 자동차로 한 시간이면 갈 수 있다. 그러나 빡빡한 삶의 와중에서 몸부림치다 보니 늘 여의치 못하다. 그곳에는 막내 동생만 살고 있다. 부모님이 계실 때보다 갈 기회가 훨씬 적어지고 만 셈이다.

명절이나 연휴 때면 어김없이 차량 행렬이 고속도로를 가득 메운다. 그런 모습을 한동안 바라보곤 한다. 십오층 아파트 거실에서는 중부고속도로의 한부분이 훤히 내려다보이기 때문이다. 신문이나 TV에서는 고속도로가 몸살을 앓는다고 야단이다. 평소보다 시간이 몇 배씩 더 걸리므로 귀성객들의 짜증이 이만저만이 아니라고 한다. 비록 지체되어 짜증이 나더라도 긴 행렬에 끼어 고향에 가고 싶다.

전원주택이라도 지어 주말이나 방학에 찾아가게 되면 얼마나 좋을까. 거기서 어렸을 때의 악몽 같은 추억들을 귀중한 경험담으로 자식들에게 들려줄 기회를 마련해야겠다는 생각을 해본다.

(천안문학, 1993. 5)

고향의 볼거리

예부터 천안은 선비의 고장 혹은 양반골로 불렸다. 인심이 후덕한 곳이라고 소문도 났다. 이 때문에 천안 사람은 충청도 바보라는 소리도 들었다. 요즘 시대에 양반이나 후덕함은 통하지 않는다는 뜻이다. 이 지역의 구수하고 서민적인 사투리도 촌스럽고 격이 떨어진다고 빈축을 샀다. 버드나무처럼 흐느적거리는 사람들이 흥얼흥얼 노래나 부르고, 호두과자나 먹으면서 적당히 살아가는 것처럼 오해를 사기도 했다. 그러나 근면하고 착실하며 옹골찬 사람들이 살아가고 따뜻한 인정미가 느껴지는 곳이 바로 천안이다. 모르는 이와 인사를 나눌 때 천안 사람이라고 하면 마음이 놓인다. 그만큼 믿음성이 느껴지기 때문이다.

이곳이 태평하면 천하가 편안할 것이라 하여 '천안'이라 했다던가. 아니 '하늘 아래 가장 편안한 마을'이기에 '천안'이 되었다고 하기도 한다. 기후가 순후하여 가뭄이나 홍수 등 자연 재해가 거의 없고, 산

세가 험하지 않으며, 평야가 적당히 펼쳐져 있어 살기 좋은 지방이기 때문에 그 이름에 잘 어울린다.

천안은 서울에서 97.1Km 남쪽의 충청남도 동북부에 위치한다. 고속버스나 기차(새마을호)를 이용할 때 한 시간이 채 걸리지 않는다. 대전이 광역시가 되고부터는 명실공히 충청남도 최대의 도시이기도 하다. 1963년 천안읍과 환성면이 합쳐져 시로 승격되고 구 천안군은 천원군으로 개편된다. 1991년 천원군이 다시 천안군으로 개칭되었다가, 1995년 천안시와 천안군이 합쳐져 통합시가 되면서 636.68km²의 면적에 인구 약 34만 명에 이르는 도시가 된다.

이곳은 예로부터 교통의 요지였다. '천안 삼거리'가 말해주듯, 조선시대는 한양서 내려오는 큰길을 중심으로 경상도에 연결되는 진천으로 가는 길과, 전라도로 이어지는 공주로 통하는 길이 갈라져 나갔다. 서울을 기점으로 영남과 호남을 오르내리던 길손들이 반드시 거쳐야 했으므로, 주막이 늘어섰고 항상 사람들로 북적거렸다. 갖가지 이야깃거리도 풍성했다. 천안 삼거리와 능수버들에 얽힌 기생 '능소'의 이야기도 이런 사정에서 나왔음 직하다. 요즈음도 사정은 마찬가지다. 경부선 · 호남선 철도가 통과하고 장항선의 출발지가 되어 숱한 사람들이 오간다. 각 지역을 오가는 버스 길도 사통팔달로 이어진다. 온양온천과 현충사를 찾는 관광객의 대부분도 이곳을 통과한다.

후덕한 인심과 함께 자랑하고 싶은 것이 충절이다. 국가와 민족을 위해 헌신한 우국지사들이 다수 배출된 곳이 바로 천안이다. 유관순 열사를 비롯하여 임시정부 초대 총리 이동녕, 장군 이범석, 조선 말

개화당 인사 김옥균, 독립운동가로서 해방 후 내무장관을 지내고 민주주의를 위해 투쟁한 조병옥 등이 곧 그들이다.

그런 까닭일까. 이곳에는 이와 관련된 중요 상징물들이 다수 있다. 먼저 목천면 120만 평에 자리잡은 독립기념관을 꼽을 수 있다. 겨레의 탑, 겨레의 집, 원형 극장, 전시관(7개동), 순국선열의 애국시, 어록비, 한국 독립운동사 연구소 등을 포함하고 있는 이곳은, 조국의 위대함과 선열들의 고귀한 정신을 되새기게 해준다. 역사와 겨레에 대한 현장 학습장으로도 활용되어, 학생들의 집단 견학은 물론 일반인들의 발길이 끊이지 않는다.

다음으로 병천면 용두리 소재 유관순 열사 추모 유적지(사적 제230호)를 들 수 있다. 1969년 완공되어 매년 2월 말 봉화제와 10월 2일 추모제가 봉행된다. 16세 어린 소녀의 몸으로 만인의 귀감이 된 숭고한 애국·애족정신을 후손들에게 길이 전해주기 위함이다.

성거읍 요방리의 경부고속도로 하행선 '망향휴게소' 건너편에 있는, '망향의 동산'도 빼놓을 수 없을 듯하다. 이국에서 고국을 그리워하다 숨진 해외 동포들의 유해를 안치하기 위한 곳이다. 1976년 10월 2일 이곳이 건립된 날을 정부에서는 '망향의 날'로 정하여 해마다 해외 동포 합동위령제를 거행한다. 1만 5천 평 중 4천 3백여 평이 묘역이고, 나머지 공간에는 위령탑·장례장·휴양실·헬기장·주차장 등의 시설이 갖추어져 있다. 묘역 들머리에는 재일본동포 12명이 1980년 4월 기증한 '고향의 봄 시계탑'이 세워져 있다. 서울이 가까워 재외동포들이 쉽게 찾을 수 있고 도로가 포장되고 내부가 잘 정리되어 있어 참배객도 날로 증가하는 추세이다.

안서동 태조산의 각원사도 유명하다. 이 사찰은 그 규모로 보아 주목을 끌기에 충분하다. 신법인 스님의 발원으로 남북통일 기원을 위해 세웠는데, 불국사 이래 최대 사찰이란 말 그대로 엄청난 규모에 놀라게 된다. 203개의 무량공덕 계단을 올라서면, 청동으로 만든 세계 최대의 좌불상이 우뚝 다가선다. 1977년 건립한 이 좌불은 높이 14.5m, 연화대좌의 원 둘레 30m, 귀 길이 175cm, 손톱 길이 30cm, 무게가 60t이라 한다. 불상 안에는 부처님의 사리와 불교 서적, 불상 조성에 성금을 낸 1백만 명의 성명이 적혀 있다. 불상 밑에는 지하 법당이 있다. 이 좌불의 수명이 1만 년은 될 것이라 하니 그 웅장함에 걸맞는다. 천안의 새 명소로 자리 잡아 관람객을 실은 기백대의 버스 행렬이 종종 줄을 잇곤 한다고 한다.

또 천안 삼거리(삼룡동), 성불사(안서동), 만일사(성거읍 천흥리), 광덕사(광덕면 광덕리), 남산공원(사직동), 천흥사터의 당간지주와 5층석탑(성거읍 천흥리), 해선암 마애불(풍세면 삼대리), 박문수묘(북면 은지리), 봉선홍경사갈(성환읍 대홍리), 김부용묘(광덕면 광덕리) 등이 유적지로 의미 있고, 국립종축장과 성환 목장(성환읍)은 낙농업의 본보기로 의의를 지닌다.

특산물로는 입장면을 중심으로 대단위 농장에서 생산되는 거봉 포도를 들 수 있다. 탐스러운 송이에 알이 굵으며 당도가 높아 맛이 좋고 건강식으로 매우 인기가 높다. 이 지역의 기후와 토양에 맞고, 다른 종류의 포도에 비해 수확량도 많은 편이다. 경작지가 성거읍·직산면 등 인근 지역으로 확대되는 추세에 있는 것도 여기서 연유한다.

광덕면 일대 수만 그루의 호두나무에서는 연간 11만 톤 이상의 호두가 생산된다. 이 호두로 만든 호두과자가 일제시대부터 유명하여 당시에는 일본 천황에게 진상하는 품목 중에 하나였다고 한다. 성환읍 매주리 일대에서 재배되는 개구리 참외도 일품이다. 검푸른 바탕에 물결 모양을 이룬 녹색의 얼룩이 특징이며, 수분이 풍부하고 과육질이 연하여 특유의 맛과 향을 내고, 당뇨병 등 성인병에 좋다고 알려져 있다.

이 외에 주요 농산물로 쌀·고추·사과·배·참외·잎담배 등이 있다. 쌀은 생산량이 많은 편은 아니나, 질이 아주 좋아서 경기미와 다를 바가 없다는 평이다. 이들 특산물과 농산물이 이 지역의 수입원에 크게 보탬이 됨은 말할 것도 없다.

풍요의 고장 천안이 바야흐로 거대 도시로 변모하고 있다. 경부고속철도의 역사가 들어서고 수도권 전철이 연결되며, 2010년 인구 50만 명 이상을 수용하는 대도시로의 꿈에 한껏 부풀어 있다. 불당동 인근에서 고속전철 공사가 한창이고, 서부 지역인 성정동·봉명동·쌍용동 등에서의 대규모 택지 개발이 이를 잘 말해준다. 4년제 대학이 서울 다음으로 많이 포진되어 있는 교육도시가 되었는가 하면, 각종 첨단 생산업체들이 농공단지를 이루고 있는 신흥 공업도시로 변모하고 있다.

1960년대 중반 입장면에서 기차로 시내의 고등학교를 다녔던 나로서는, 엄청난 변모에 그저 어안이 벙벙할 따름이다. 고등학교 시절의 거리 모습을 연상하면서 번화가를 걷다 보면 어느새 이방인이 된 듯하다. 눈부신 발전에도 살기 좋은 도시로 영원히 남아주었으면 하는 바람에는 변함이 없다.

(고국소식, 1998. 12)

슬픈 이야기

지천명을 훌쩍 넘어 이순을 바라보게 되니 앞날보다는 지난날에 더 애착이 가는 것일까. 요즈음은 고향과 과거지사에 대해 자주 회상하게 된다. 자식들에게 이를 들려주는 기회도 늘어난다. "자! 이번에는 내 고등학교 시절의 일이다." 이런 식으로 대개는 식사를 한다거나 식후의 휴식 시간에 이야기가 시작된다.

그런데 어느 날 이야기를 시작하려는데, 아들 녀석이 불쑥 말을 꺼낸다.

"저 실은 아버지와 관계된 옛날이야기는 듣기가 좀 거북해요."

나는 의외의 반응에 놀라

"아니, 왜? 그 이유가 뭔데?"

당혹감과 함께 실망스러운 감정으로 물어본다. 그동안 지난 이야기를 들려줄 때마다, 자식들이 무척 흥미를 느끼고 있는 것으로 알았기 때문에 낙심은 그만큼 클 수밖에 없다.

"아버지 이야기를 들으면 슬퍼져요."

"그래? 재미난 이야기를 들려주었는데 왜 슬프지? 이상하다."

그간 말은 안 했지만 내가 들려준 이야기에서 아들 녀석은 서글픈 느낌을 받은 모양이다. 전혀 예상치 못한 일이다. 녀석도 이제는 어엿한 대학생이니, 이야기를 듣고 나름대로 그 상황을 어느 정도 헤아린 듯하다.

"전에는 그랬다 치더라도 오늘은 국민학교 시절의 이야기니까 재미있을 거야. 들어봐."

50년 가까운 세월이 흘렀는데도 선명하게 그 기억이 별처럼 반짝 떠오른다.

×   ×   ×

내가 다닌 천안의 국민학교 가까이에는 제법 큰 시내가 있었다. 아주 맑은 물이 흘러 물고기가 무리를 지어 한가하게 노니는 것이 보였다. 물가에는 깨끗한 모래밭이 펼쳐져 있다. 장마철에 비가 많이 오는 때는 세찬 물결이 넘실거렸다. 그 냇물을 건너야만 학교에 갈 수 있었다. 평상시에는 돌로 된 징검다리를 통해 건넜지만, 홍수가 나면 속수무책이었다.

큰물이 날 때면 비를 흠뻑 맞은 채 거센 황토물을 망연히 바라보곤 하였다. 각종 잡동사니와 수박·참외 등이 떠내려오기도 하였다. 그때마다 건너편에서 눈에 익지 않은 선생님이 종이 나팔로 소리를 지르곤 하셨다.

"학생들은 집으로 돌아가요. 결석으로 절대 치지 않을 테니 걱정 말고 집으로 가요."

그 소리를 듣고서야 마음이 놓여 동네 아이들과 함께 집으로 돌아가곤 했다. 언젠가 홍수가 났을 때였다. 냇가에 이르니 흙탕물이 아주 세차게 흐르고 있었다. 어른들이 옷을 적시면서 건너가고 있었다. 건너편에는 웬일인지 선생님이 보이지 않았다. 책보를 등허리에 엇비슷하게 단단히 묶고 냇물에 들어섰다. 허리쯤 물이 찼는데 밀림을 헤치는 기분으로 얼마쯤은 앞으로 나아갈 수 있었다. 그러나 어느 순간 몸이 둥실 떠올랐다. 발을 디디려고 애써 보았지만 허사였다. 몸이 물위로 떠오르자마자 나는 떠내려가기 시작했다. 경황이 없었다. 그 와중에도 양쪽 뚝방에서 큰일 났다고 외쳐대는 소리가 들렸다. 얼마 동안을 떠내려가다가 어느 순간 무엇에 걸리며 발을 디딜 수 있었다. 가까스로 허우적거리며 뚝방으로 올라갔다. 창피해 얼굴을 들지 못하고 달아나는 내 등 뒤로 많은 사람들의 박수가 쏟아졌다.

냇물에 얽힌 또 하나의 기억. 따뜻한 봄기운이 느껴지던 때이다. 선생님의 인솔로 반 아이들 전체가 그 시내를 찾았다. 장마철이 아니라 물이 잔잔히 흘렀다. 선생님은 그 냇물로 손과 발을 씻으라고 하셨다. 발목을 조금 넘어서는 깊이였다. 바깥은 따뜻한데 물속은 차가웠다. 그 냇물에 솟아 있는 돌에 앉아 조약돌로 손과 발을 문질렀다. 목욕탕도 없고 온수도 마음대로 쓸 수 없던 시절이라 손등과 발등은 쩍쩍 갈라져 있었다. 갈라진 손등을 혀로 핥곤 했다. 돌로 문지르고 나니 얼얼하면서도 산뜻하고 상쾌한 기분이었다.

이 냇가 모래밭에서 일 년에 한 번 여름에 난장이 섰다. 난장의 한복판에 둥그렇게 모래판을 만들고 씨름 대회가 열렸다. 대여섯 살 된 아이들부터 시작된 씨름은 차차 나이를 올려가며 계속되다가 드디어 장사를 뽑게 되어 있었다. 장사는 많은 사람들이 지켜보는 가운데 상으로 받은 송아지를 끌고 모래판을 한 바퀴 돌았다. 그를 구경하는 사람들은 '와와' 환호하며 부러워하였다.

나는 국민학교 시절 매번 그 씨름 대회에 출전하였다. 모래판 가까이에 앉았다가 차례다 싶을 때 잽싸게 뛰어나가면 거의 경기에 낄 수 있었다. 상대방에게 지면 그대로 모래판을 내려가고, 이기면 계속 다섯 번까지 경기를 하게 되어 있었다. 나는 다섯 번을 싸워 이겼다. 그러면 심판은 공책 한 권을 상으로 주었다. 그렇다고 내가 특별히 씨름 기술을 익혔다든지 힘이 센 것은 아니었다. 나이에 비해 키가 작았을 뿐이었다. 그것을 알 턱이 없는 심판은 외관으로만 상대를 정해 시합을 시켰다. 그러니 나는 늘 나보다 두세 살 어린 아이들과 맞붙었고 결과는 뻔한 것이었다.

×　　　　×　　　　×

"그래 이번 이야기는 재미있었지?"

"역시 슬퍼요."

아들 녀석의 대답은 여전히 기대와는 어긋난다. 어쩔 수 없나 보다.

덧없는 세월에 마음을 빼앗기고

내가 어떻게 이야기하든 아들 녀석에게는 슬프게 들리나 보다. 어쨌거나 얼마 전에 가본 고향의 시내는 물도 거의 흐르지 않고 잡초만 무성하게 우거져 있었다. 징검다리가 놓였던 자리에는 콘크리트 다리가 놓여 있었다. 황량하기 짝이 없었다. 냇물이 흐르던 흔적은 찾아볼 길이 없었다. 씨름을 하던 난장은 더더구나 찾을 수 없었다. 어린아이들의 추억 만들기 공간이 그만큼 줄어든 듯하여 안타깝기 그지없다. 인심도 그렇게 변하지나 않았을까 걱정된다.

(천안문학, 2002. 5)

동창회

뜻밖에도 중학교 동창회가 있다는 소식이 들렸다. 가슴이 설렌다. 달력에 얼른 날짜를 적어 넣는다. 서울에서 고속버스로 한 시간 남짓 걸리는 면 소재지, 충청남도와 경기도 어름에 남녀공학의 중학교가 있다. 이렇다 할 자랑거리 하나 없는 작은 학교지만, 어린 시절의 추억을 고스란히 담고 있는 영원한 모교이다.

서울에 살고 있다고는 하지만 언제라도 달려갈 수 있는 곳. 그렇건만 세상살이에 시달리다 보니 거의 가지 못하고 말았다. 어쩌다 갈 기회가 있더라도 일을 마치고는 곧바로 돌아와야 할 형편이었다. 그때마다 떠오르는 친구들의 모습. 그들도 나처럼 삶에 부대끼고 있단 말인가. 모두 백 명이 될까 말까 한 숫자인데 만나기가 그렇게 어렵다니.

그러고 보니 여자 아이들 소식이 더 궁금하였는지 모른다. 유난히 희고 빳빳한 칼라가 매력적인 교복. 그 속에서 미소 짓던 모습은 30여 년이 지난 지금까지도 생생하게 각인되어 야릇한 감정을 불러일으키곤 한다. 남달리 수줍음과 부끄러움을 타던 중학교 시절, 그들은 언제나 나의 손이 미치지 않는 공주님들이요, 선녀들이었던 것이다.

나이가 들어가고 지난 세월을 돌아보는 시간이 많아지자 새록새록 친구들이 보고 싶다. 그러나 기회는 좀처럼 생기지 않는다. 일간신문의 숱한 동창회란에도 우리 학교의 모임 소식은 보이지 않는다. 울적하고 허탈할 뿐이다.

그러던 차에 서울에서 중학교 동창회를 한다는 것이다. 설렐 수밖에 없지 않겠는가. 그들은 지금 어느 곳에서 무슨 일을 하고 있을까. 어떤 모습들일까. 모두들 결혼은 했을 테지. 자식은 몇 명이나 두었을까. 마냥 들뜬 기분으로 며칠을 보내고 마침내 모임이 있는 날, 얄팍한 중학교 졸업 앨범을 다시 펼쳐본다. 남학생들은 귀여운 얼굴로, 여학생들은 발랄한 모습으로 여전히 거기 있다.

모임 장소로 달려가니 약속 시간보다 훨씬 이른 시각이다. 하지만 먼저 온 친구도 여럿 있다. 남자들은 어렴풋이 기억에 되살아났으나 여자들은 아주 생소한 느낌이다. 화장을 몇 겹씩 한 얼굴들이 발랄했던 중학생 시절을 완강히 밀어내고 있다. 아니 어렸을 때 모습을 빨리 기억 속에서 지워버리라고 재촉하고 있다. 어쩌면 이럴 수가 있을까. 어안이 벙벙할 따름이다. 올 만한 친구들은 모두 모인 모양이다. 자리가 정돈되고 식사가 시작되었지만, 여자 동창들은 아무래도 처음 보는 얼굴들이다. 교복 속의 모습은 흔적조차 찾아낼 수 없다. 30년이란 세월이 결코 짧지 않다는 것을 그들이 말해주고 있었다.

한결같이 비대하고 시들고 쭈그러진 중년 아줌마들. 밝고 맑고 귀

염성 있던 미소는 어디로 갔는지. '으하하하' 하는 너털웃음과 과장된 몸짓. 거칠고 막무가내인 말투. 이런 웃음과 행동 속엔 남자 동창생들을 우습게 여기는 기색이 완연하다. 기가 막히고 말문이 닫힌다. 끔찍하다는 생각뿐이다. 철저히 배신당한 기분이다. 다시는 동창회에 참석하지 말자고 작정한다. 집에 돌아와서도 멍멍한 상태로 '이럴 수가'만을 되뇌인다. 옆에서 아내가 한마디 거든다.

"동창회에서 첫사랑의 애인이라도 만나셨던 모양이구려. 그렇게 심란해 하시는 모양을 보니."

그날 밤늦게까지 전전반측 잠을 이루지 못한다. 귀중한 무엇을 잃어버린 것 같아 가슴이 진정되지 않는다. 이런 심정이 한동안 지속된다.

시간이 지나면서 이 생각 저 생각 끝에 다다른 결론은 내 어리석음의 확인이다. 강산이 세 번이나 변할 세월을 미처 계산에 넣지 않은 우직함 말이다. 봄·여름을 거친 시들고 마른 가을 풀을 두고 보드랍고 야들야들한 봄의 새싹만을 연상하며 실망하는 태도와 무엇이 다르단 말인가. 그렇다면 그녀들 또한 똑같은 감정이 아니었을까. 나 역시 해맑은 눈동자에 귀엽던 까까머리가 완전히 흉물로 변하지 않았던가. 튀어나온 배, 뻣뻣하게 돋아난 턱수염, 삶에 찌든 때가 덕지덕지 묻은 우글쭈글한 얼굴, 거기에 커다란 안경까지 걸쳤으니 가관이 아니겠는가. 그야말로 지치고 일그러지고 흐물흐물 풀어 헤쳐진 몰골이 아니던가.

어느 한 군데 볼품 있는 곳이 있으랴. 그들이 오히려 더 충격을 받앉을는지 모른다. 그녀들도 잠을 설치고 뒤척이었을는지 모른다. 내가 변했듯 그녀들도 변한 것이리라. 이렇게 생각하자 불현듯 다시 그들을 만나보고 싶다. 그들의 모든 언행을 이해할 것 같다. 그래서 따뜻한 시선으로 대할 것 같다. 이제부터는 또 다른 의미로 동창 모임을 기다려보자고 마음먹는다.

(열림터, 1991. 5)

도토리 키 재기

이처럼 많은 사람이 이 세상에 존재한다는 것이 생각할수록 신기하다. 그중에도 똑같이 생긴 사람이 없다는 것은 더 놀라운 일이다. 천차만별이라고나 할까. 키가 큰 사람과 작은 사람, 살찐 사람과 마른 사람, 잘 생긴 사람과 그렇지 못한 사람…… 이것은 사람을 외면으로 나눠 본 것이고, 내면으로 나누어도 가지각색임은 마찬가지이다. 똑똑한 사람과 그렇지 못한 사람, 약삭빠른 사람과 어수룩한 사람, 온순한 사람과 사나운 사람……

언뜻 생각하기에 외면은 창조주의 의지라 어쩔 수 없다고 하지만 내면은 자신의 의지로 변모시킬 수 있다고 생각할는지 모른다. 그러나 외면이건 내면이건 인력으로는 전혀 어찌할 수 없는 부분과 자신의 의지에 의해 변모시킬 수 있는 부분이 함께 있음을 알 수 있다. 가령 타고날 때부터 키가 작은 사람은 어쩔 수 없지만 마른 사람은 살을 찌울 수 있다든가, 재능이 좀 모자라게 태어난 사람은 어쩔 수 없지만 성격이 사나운 사람은 온순한 사람으로 변모시킬 수도 있다는 생각이 든다.

이러한 생각을 하면서 일찍이 깊은 좌절감에 빠진 적이 있다. 키가 너무 작고 재능이 남보다 모자라게 태어났다는 결론에 이른 이유 때문이었다. 더구나 이것들은 내 의지로는 어떻게 해볼 도리가 없는 부분에 해당되기에 더욱 그랬다. 키가 형편없이 작다는 것은 훨씬 일찍 깨달았고, 똑똑하지 못하다는 인식은 그보다는 늦었지만 그래도 비교적 빨리 알아챈 편이다. 그 순간이 아직도 생생히 각인되어 있다.

중학교 2학년 때로 기억된다. 면 소재지에 위치한 작은 농촌 중학교였기에 작업 시간이 자주 있었고, 그것은 때때로 방학 기간까지 연장되곤 하였다. 그해 여름방학 때의 일이다. 하루를 잡아 장차 학교 농사를 위한 퇴비를 장만하는 풀베기 작업을 하게 되었다. 그 원칙은 각자 풀을 빨리 베든 늦게 베든 상관없으나 자기에게 할당된 8kg만은 채워야 된다는 것이었다.

뜨거운 햇볕 속에서의 풀베기가 여간 고역이 아니었지만 얼른 집에 가고 싶어 누구나 기를 쓰고 덤벼들었다. 나도 예외는 아니었고 그래서 더 많은 풀을 찾아 학교에서 제법 멀리 떨어진 곳까지 진출하였다. 그런데 그곳 원두막에서 우리 반 아이들 몇몇이 히히덕거리며 참외를 먹고 있지 않은가. 공부도 잘하고 학급의 임원을 맡은 모범생들이었다. 그들은 일찌감치 책임량을 채우고 집에 가는 길에 참외를 사먹는다는 것이다. 벌써 8kg을 베었다는 사실에 놀라지 않을 수 없었다. 나는 국민학교 때부터 줄곧 쇠꼴을 베어왔기에 풀베기에서만큼은 우리

반에서 제일이라고 자부하던 터였다.

집에 돌아온 후에도 내내 그 아이들만을 생각했다. 그들이 그처럼 빨리 풀베기를 마친 이유가 아무래도 궁금했다. 그 의문이 풀린 것은 여름방학이 끝나고 얼마가 지난 뒤였다. 집요하게 그 이유를 묻는 나에게 그들 중 한 녀석은 아무렇지도 않게 내뱉었다.

"이 멍텅구리야! 5kg의 풀더미 속에 3kg 짜리 돌멩이를 넣으면 8kg이 될 것 아냐."

그 순간 나는 정말 멍텅구리란 생각이 들었다. 왜 진작 그런 생각을 못했을까. 녀석들은 그렇게 해서 쉽게 책임량을 완수할 수 있었던 것이다. 남의 눈을 속이는 것은 잘못된 일이고 그러지 않았으니 양심 바른 사람이었다라기보다는 자꾸만 못난이란 생각만 들 뿐이었다. 그들에 비해 약지 못해 그런 생각을 미처 못했다는 생각뿐이었다. 그들이 공부 잘하고 학급 임원을 하는 것도 다 이유가 있었던 것 같았다. 똑똑하게 태어나지 못해 속상하고 억울했다. 주눅이 들고 자신감이 사라져 버렸다.

군대에서 야외 훈련을 받던 때의 일이다. 식사는 본대로부터 수송되고 기간병에 의해 배식되었다. 그런데 이상하게도 내 앞의 동료는 매끼마다 국과·밥을 듬뿍듬뿍 받는데 내 몫은 그의 절반에도 미치지 못하였다. 이런 일이 야외 훈련이 끝날 때까지 계속되었다. 도저히 알 수 없는 일이었다. 그 궁금증은 훈련이 끝난 뒤 그 동료의 실토로 풀리게 되었다. 앞가슴에 붙인 고유번호를 암호로 배식병에게 돈 얼마를 쥐어 줬다는 것이다. 나 역시 약간의 돈을 주었다면 그렇게 허기진 상태로 훈련받지는 않았을 것을.

어찌 이뿐이겠는가. 급행료 몇 푼이라면 쉽게 해결할 일을 그르친 일. 대포 한 잔이나 점심 한 끼를 사지 않아 낭패 본 일. 설날이나 추석에 인사치레하지 않아 손해 본 일 등등. 좀 더 현명하고 계산적이었더라면 상황에 따라 얼마든지 약삭빠르게 임기응변식으로 처신했을 텐데. 이런 결론을 내리니 나를 똑똑하게 낳아주지 못한 부모가 원망스럽기까지 하였다.

얼마 전 오랜만에 중학교 동창회에 참석하였다. 그 옛날 풀을 벨 때 원두막에서 참외를 먹던 친구들도 참석하였다. 머리 회전이 빨랐던 그들의 현실이 무척 궁금했다. 지난 세월의 이런저런 이야기를 나누면서 얻은 결론은 우리의 처지가 비슷하다는 것이었다. 누가 더 낫고 못하고를 따지는 것이 쑥스러울 지경이었다. 도토리 키 재기였다. 똑똑한 사람들에 대한 그간의 부러움에 수정을 가해야 했다. 이 세상은 잘난 사람과 똑똑한 사람과 약은 사람만 존재하는 것이 아니라는 생각이 들었다.

이런 사람, 저런 사람, 천차만별의 사람이 모여 그들 방식대로 살아가면 되는 것이다. 그냥 자기 방식대로 살아가면 되지 똑똑하지 못함을 원망하고 좌절하거나 남을 부러워할 것도 아니다. 계산적이고 약삭빠르려고 억지 부릴 필요는 더더구나 없다는 생각이다.

(수필문학, 1994. 5)

굴비

굴비를 구우려면 방문은 전부 닫고 거실과 부엌의 모든 창문들을 활짝 열어 놓아야 한다. 냄새가 정말 지독하기 때문이다. 날씨가 아무리 추운 겨울날에도 예외는 없다. 먹을 때의 맛은 아주 괜찮은데 구울 때의 냄새만은 영 아니올시다이다.

오랜만에 저녁 반찬으로 굴비를 구워 먹기로 했다. 냄새를 빼내기 위해 한바탕 소동을 피운 것은 말할 것도 없다. 노르스름하게 익힌 몸통에서 살점을 떼어내니 벌써 군침이 돈다. 불쑥 어릴 때 기억이 떠오른다.

국민학교 5학년쯤이었을까. 그리고 보면 50여 년 전의 일이다. 당시는 굴비가 참 귀했다. 추석이나 설날 같은 큰 명절이 아니면 제삿날에나 가끔 구경할 정도였다. 그런 때도 한두 점 먹어 보면 큰 행운이라 할까. 굴비의 살점을 먹고 나면 대가리와 지느러미 · 꼬리 · 내장 · 뼈 등이 남는다. 부스러기라고 해야 할까. 당연히 버려야 할 것들이다.

어머니는 이것들을 모아 칼판에 놓고 타닥타닥 탁탁탁 다지신다. 한참 그렇게 난도질한 후 파·마늘·풋고추·고춧가루·깨소금 등으로 양념을 하신다. 그것은 작은 공기에 담겨져 밥솥의 한가운데서 밥에 뜸이 드는 동안 푹 쪄진다. 쪄진 그 맛은 그야말로 환상적이다. 밥과 함께 입에 넣으면 으지직하고 뭔가가 깨물어지지만 그건 상관없다. 짭조름하고 고소하고 감칠맛이 나면서 입안에서 살살 녹는다.

변변한 반찬 한 가지 없는 밥상에서 올망졸망 어린 4형제의 숟가락이 자꾸 쏠릴 수밖에. 몇 번 손이 오가는 사이 작은 공기는 벌써 바닥이 보인다. 이때다. 할아버지께서 수저를 밥상 위에 내동댕이치며 자리를 박차고 나가신다. 아차 잘못했구나! 하지만 때는 이미 늦었다. 엎질러진 물이다. 우리는 이런 할아버지의 모습을 전에도 이따금 보아왔다. 하지만 다진 굴비 반찬의 맛에 홀려 그만 또 실수를 저지르고만 것이다.

이런 일은 대개 계란찜이나 두부 조림 아니면 고기 넣은 찌개 등 별난 음식 때문에 생긴다. 아주 드물긴 하지만 이런 음식이 밥상에 올라오는 때가 있다. 철부지 4형제의 숟가락이 슬금슬금 슬쩍슬쩍 드나든다. 굼뜬 할아버지의 수저 놀림이 우리를 당해낼 수는 없다. 우리가 서너 차례 퍼먹는 동안 할아버지는 한두 차례나 드실는지. 어느새 그릇은 바닥을 드러내고 그러면 할아버지는 자리를 박차고 휑하니 밖으로 나가신다.

이런 사정이 되풀이되어 왔건만 다진 굴비 반찬을 보는 순간 그 일을 까맣게 잊어버리고 또 화를 자초한 것이다. 맛난 반찬을 못 드신 할아버지는 단단히 화가 나신 것이다. 그것을 알리기 위해 식사를 중단하고 밖으로 나가시는 것이다. 밥상도 아닌 방바닥에서 식사하시던 어머니가 화들짝 놀라며 자지러지신다.

"아이고! 이를 어째. 조기를 벌써 다 퍼먹었네. 아히고, 이걸 어쩌. 그래, 할아버지 잡수라고 좀 놔두지. 그걸 다 먹어치우면 으쩌란 말여. 응? 다른 것도 있는데 왜 하필이면 그것만 처먹어, 그래. 누구 속을 썩힐 작정을 댕겨? 아이구, 지겨워 못살겠네."

우리는 이러지도 저러지도 못하고 할 말을 잃은 채 더 이상 밥 먹을 엄두도 내지 못한다. 밖으로 나가신 할아버지는 그 후 안방으로 절대 들어오지 않으신다. 몇 끼고 식사를 거부하신다. 누가 그 노여움을 풀어드리려 하면 "다들 그만둬." 하시는 게 고작이다.

"할아부지 진지 잡시시유. 할아부지 진지 잡수시래유." 그 다음부터 어린 것들이 번갈아 가며 외쳐대도 사랑방에서 두문불출 꿈쩍도 않으신다. 할아버지의 단식은 짧게는 삼사일에서 길게는 십여 일에 이른다. 다급해진 어머니는 밥상을 차려 할아버지 방으로 내가신다. 어머니는 끊임없이 우리들을 원망하신다. 그 대부분은 장남인 내게 보내는 것이다.

다진 굴비 반찬 외에 할아버지께서 민감하게 반응하신 것이 두부와 계란찜이다. 그것들이 얼마나 무서운 것인가를 누누이 설명해 주시곤 하셨다.

"너들 두부 먹으면 안 되여. 말할 때 두두두두 하는 반벙어리 된단 말여. 달기 알 먹어도 안 되여. 너덜 모가지가 달기 죽을 때마냥 배배

꼬인단 말여."

어머니도 여기에 한몫 거든 것 같다. 어머니는 특히 돼지고기에 대해 힘을 주며 소리를 높이신다.

"돼지괴기를 먹다가 체하는 날이면 고만이다. 왼몸의 피가 괴기를 싸고 뭉치면 꼼짝없이 죽는다. 절대 먹지 마라."

드문 기회이지만 고기나 두부, 계란 등을 대하게 되면 막무가내로 달려들면서도 으스스 떨리던 기억은 숨길 수 없다. 이처럼 별난 음식을 사이에 두고 할아버지와 손자들 사이의 신경전은 한동안 이어졌던 것 같다.

그런 일을 생각할 때마다 풀리지 않는 의문이 있다. 어머니는 할아버지 몫을 왜 따로 만들어 놓지 않았는지. 할아버지는 손자들이 맛있게 먹는 것을 왜 귀여워하지 않았는지. 자식 사랑은 본능이 아니고 사람에 따라 차이가 있는 건지. 무지하면 자식에 대한 애정도 없는 건지. 옛사람들은 자식을 아끼지 않았는지. 먹을 게 부족했던 시절에는 동물의 세계처럼 식구끼리 먹이 경쟁을 벌였던 것인지.

굴비 살점을 음미하다가 씁쓸했던 지난날을 떠올리니 목이 껄끄럽다. 기억을 떨쳐버리려 미적거리니 아무것도 모르는 아내가 묻는다.

"아니, 왜 맛있게 잘 먹다가 그래요. 굴비 속에서 뭐가 나왔어요?"

"응, 아니 이 녀석은 늘 뼈가 말썽이야. 맛은 그럴 듯한데 뼈 때문에 걸리적거리네."

엉뚱한 소리로 얼버무리고 만다.

(천안문학, 2012. 12)

추석

추석이다. 전에는 여름방학이 끝나고 한참 뒤에 오곤 했었는데 올해는 끝나자마자 곧바로 온 것 같다. 그런데도 아침에는 제법 서늘하다. 때문에 은근히 가을 기분이 나는지 모른다.

아침에 좀 이르다고 생각하며 일어났는데 어머니는 벌써 분주하게 부엌을 맴도신다. 조그마한 부엌이다. 정말 둘 다 조그맣다. 작은 부엌에서 일할 운명이기에 어머니가 그렇게 태어났는지, 어머니를 받아들이기 위해 부엌이 작게 만들어졌는지 알 수 없다. 그러고 보니 혼란의 와중에도 신은 미리 조화를 준비하고 있었던 듯하다. 키가 큰 사람과 작은 사람, 뚱뚱한 사람과 호리호리한 사람, 늙은이와 젊은이, 남자와 여자, 어른과 아이 이렇게 다양한 사람들이 살아가는 것이 얼마나 다채롭고 다행한 일인가.

차례를 지낸다. 오래전에 돌아가신 할머니께 올리는 것이다. 집안 식구가 모두 참석했지만 아버지는 불참이시다. 지금까지 추석에 가족이 전부 모인 적은 한 번도 없다. 쉬울 듯한데 어렵다. 제각기 뿔뿔이 흩어져 살아왔다는 증거이다.

오늘은 경우가 다르다. 식구들이 요행히 다 모였는데 지척에 계신 아버지께서 불참이시다. 식구들이 맛있는 음식을 먹으며 오순도순 이 야기할 때 할머니에 대해 들려주실 분이다. 참석하지 못한 것은 생활에 쫓긴다는 의미이다. 지금도 아버지는 돈 벌기에 급급하시다.

과학문명이 발달하고 경제가 성장하여 삶이 풍요해질 거라는 전망이 많지만 아버지는 여전히 힘겨워하신다. 어디 우리 집뿐이겠는가. 이 나라 아버지들 대부분이 힘겹게 나날을 보내는 것이 아닐까. 그들이 나이 들면서 점점 여유가 없어지고 정서나 낭만을 외면한 채 살아가는 것도 이 때문이 아닐까. 그렇다고 형편이 나아졌느냐 하면 그것도 아니다.

차례 후 뼹 둘러앉아 음식을 먹는다. 명절 기분이 나지 않는다. 단지 직장을 하루 쉰다는 것뿐이다. 서울로 이사 온 뒤로는 더욱 그렇다. 어렸을 때는 추석을 얼마나 기다렸던가. 음력 8월로 접어들면 벌써 손가락을 꼽아가며 기다린다. 차례를 지낸 후 사탕과 과자를 남겨두었다 먹기 위해 봉지를 만들고, 송편에 쓸 솔잎을 딸 때의 가슴 설렘을 어찌 잊으랴.

추석 당일에는 새 옷으로 갈아입고 이곳저곳 돌아다니며 신나게 놀았다. 밤에는 밝은 달 아래서 수수잎으로 토끼와 거북 놀음을 하고, 여러 마을에서 열리는 연극 공연과 콩쿠르 대회를 쫓아다녔다. 시골에는 아직도 아이들의 즐길 거리가 얼마든지 있을 것 같다. 그렇다면 막내 동생에게 아주 미안한 노릇이다. 서울로 이사를 왔으니 말이다.

음식을 먹은 뒤 곁방으로 건너가 벌렁 눕는다. 할 일이 없어서이다. 물론 읽어야 할 책도 많고 해야 할 공부도 많다. 하지만 맑은 날씨에 일 년에 한 번인 추석인데 방구석에 웅크리고 앉아 있는 것도 좀 궁상맞아 보인다. 그럴 듯하게 하루를 보낼 수는 없을까. 영화를 보러 갈까. 얼마간 무료를 달랠 수는 있을 것이다. 많은 사람들이 영화관을 찾는 이유이다. 그러나 후덥지근한 땀 냄새와 탁한 공기 속의 몇 시간은 고역이다. 고궁 관람은? 연인과 함께라면 모를까 혼자서 거니는 것도 청승맞을 것 같다.

동생 녀석이 휑하니 대문을 나선다. 친구들과 모여 놀기로 약속해 놓았단다. 사람들은 곧잘 내 친구 중에는 이러저런 녀석이 있는데 하고 자랑삼아 떠벌린다. 내게는 명절날 찾아가거나 찾아올 만한 친구가 없다. 남들은 친구를 많이 그리고 잘들 사귀는데 나는 그런 재주가 없다. 다정했다고 할 수 있는 몇몇은 뿔뿔이 흩어져 어디서 무얼하고 지내는지조차 모르고 있다.

어머니는 나에게 좀 모자르다고 한다. 어쩐 일로 친구 하나 없느냐고 야단이다. 남들은 친구를 잘 사귀어 취직도 부탁하고 여러 가지로 도와주고 무슨 선물도 받고 하는데 어찌 그 모양이냐고 개탄한다.

그런 형편이니 동생처럼 놀러가려고 대문을 박차고 나설 수도 없는 노릇이다. 별 생각을 다 하다가 드디어 하나의 돌파구를 찾아낸다. 탁 트인 바다라도 구경하자는 것이다. 얼른 집을 나선다. 서울역에 도착하니 인파가 물결을 이룬다.

그 파도에 떠밀려 간신히 인천행 기차에 오른다. 시내를 빠져나오자 들판에는 누렇게 벼가 익어가고 있다. 벌써 세월이 이렇게 흘러갔구나. 불과 한 시간만 차를 타면 넓은 들판이 시원스럽게 펼쳐지는데 그것을 누릴 마음의 여유가 없는 것이다. 주말에 숱한 등산객이 울긋불긋 차려 입고 집을 나서지만 과연 이들은 전체 인구의 몇 퍼센트나 될까.

인천에 도착했지만 막상 어디로 가야할지 망설여진다. 우선 송도에 가기로 한다. 버스로 한참을 달리니 멀리 바다가 확 눈에 들어온다. 그 광활함에 놀라 가슴 설레며 창가에 붙어 앉는다. 얼마 만에 보는 바다인가. 대학 3학년 졸업 여행 중 전라남도 강진만을 구경한 이후 처음이 아니던가. 그때는 바닷물이 빠져나가고 만으로 둘러싸여 장엄한 맛을 실감하지 못한 듯하다.

얼마를 더 가니 종점인 송도 해수욕장이다. 숲이 무성한 산 아래 생각지도 않은 이층집들이 늘어서 있다. 황량함이 감돈다. 음식점마다 문을 열어 놓았지만 손님은 거의 보이지 않는다. 해변을 찾았지만 고작 보트 놀이나 할 수 있는 곳이다. 다시 버스를 타고 연안부두로 달린다.

비로소 제대로 된 바다를 만난다. 출렁출렁 파도가 일고 있다. 작은 어선들이 부두에 잇달아 매어져 있다. 멀리 집채 만한 배들이 떠 있다. 한동안 정신을 놓고 바라보다가 네 활개를 휘저으며 돌아다닌다. 빈 배도 건드려 보고 방파제의 끝까지 걸어가 보기도 한다. 망둥어 낚시꾼들을 구경하기도 한다. 짭짤한 해풍이 쏴쏴 불어온다. 정말 시원하다.

바다에 비하면 인간은 얼마나 하찮은 존재인가. 멀리 보이는 섬들이 산맥처럼 이어져 보인다. 다정한 연인들이 손을 잡고 해변을 거닐고 있다. 한편의 영화 장면 같다. 어딘가로 떠나는 여객선이 보인다. 그 배를 타고 멀리 떠나고 싶다.

해가 뉘엿뉘엿할 때 부두를 떠난다. 아까의 반대 방향으로 서울행 기차를 탄다. 기차 안은 여전히 붐빈다. 사람들은 떠들며 히히덕거린다. 바깥 풍경을 내다보며 장차는 이곳이 모두 도시로 변해버릴 것이라는 생각을 해본다. 서울역 대합실을 나설 때는 땅거미가 지기 시작한다. 역시 바쁜 발걸음들이 사방으로 흩어지고 있다. 하루가 지나간다. 명절인 추석이 지나가는 것이다.

(천안문학, 2012. 7)
* 40년 전에 써 두었던 글을 최근 발견하여 약간 손질하여 발표한 것이다.

이런 일

　요즈음은 고속버스가 곳곳을 누비며 전국을 1일 생활권으로 묶었기 때문에 지방 사람들이 쉽고 빠르게 서울을 왕래한다. 내가 고등학교를 막 졸업할 즈음인 1966년에는 지방에서 서울을 왕래한다는 것이 그렇게 쉬운 일이 아니었다. 나의 경우 무슨 일이 있었던 것도 아니요, 가까운 일가친척도 없었기에 태어나서 서울에 한 번도 가본 경험이 없다. 그러니 대학입학시험을 보기 위해 처음 상경하게 된 기분을 어찌 다 표현할 수 있을까.

　서울 간다는 생각에 며칠 동안 설레다가 시험 이틀 전, 아버지와 함께 용산구 한남동 먼 친척뻘 되는 형님네를 찾아갔다. 서울역에 내렸을 때 우리 부자는 멍청하게 몇 십분 동안 넋을 잃고 있었다. 수없이 많은 사람과 높은 건물들, 갖가지 모양의 차량들, 질서 없이 엉겨 있는 전선줄. 요란한 잡음과 뿌연 먼지. 실로 놀랄 만한 광경이었다. 사실 그때의 충격은 영원히 잊혀질 것 같지 않았다.

서울역에 내린 것은 낮 12시쯤이었다. 그러나 교통 순경에게 묻고 행인에게도 알아보며 형님댁을 찾아 들어간 것은 1월의 짧은 해도 다 기울어진 오후 5시쯤이었다. 반갑게 맞아주는 형수님은 사정을 알 턱이 없으므로 "초행 길에 잘도 찾아오셨다."며 칭찬하셨다. 그날 밤 여독을 풀 겨를도 없이 아버지께 당장 내일부터의 '서울에서의 행동'에 관한 주의 사항을, 집에서부터 수없이 들어온 그 은밀한 말씀을 다시 듣지 않으면 안 되었다.

"서울은 순 깍쟁이만 사는 곳이다. 눈 뜨고 있어도 코 베어가는 곳이라고 하지 않더냐! 남자는 말할 것도 없고 여자 쓰리꾼과 깡패도 많다더라. 돈은 나누어서 간직해라. 주위를 두리번거리지 마라. 촌티를 내지 마라. 누가 친절하게 굴며 어디 가자거든 따라가지 마라."

그날 밤 시험 칠 걱정은 잊고 '순 깍쟁이들만 사는 서울에서 어떻게 안전할 수 있을까'만을 골똘히 생각했다. 다음 날 형수님과 함께 예비 소집에 다녀왔다. 지망 대학교까지 가는 버스 번호와 노선은 알아냈으나, 과연 혼자 찾아갈 수 있을지 걱정되었다.

드디어 시험 날. 아침 일찍 가방에 참고서 몇 권을 넣고 집을 나섰다. 별로 어려움 없이 지망 대학행 버스를 탈 수 있었으나 그 안은 발 디딜 틈이 없었다. 차츰 불안해지기 시작했다. 서울역 시계탑을 지난 다음 첫 정거장에서 버스를 갈아타야 하는데, 이런 상황에서는 도저히 밖을 내다볼 수 없었다. 어떻하든지 밖을 내다보기 위해 창문 가까이로 몸을 조금씩 움직이기 시작했다. 바로 그때다. 누가 가방을 슬며시 잡아당기지 않는가? 가슴이 덜컥 내려앉고 등골이 오싹했다. 머리

끝이 쭈뼛했다.

'이 가방을 노리는구나! 돈이라도 들어 있는 걸로 아는 모양이지.' 정신을 바짝 가다듬었다. '이 많은 사람 속에서 내가 촌뜨기라는 것을 어떻게 알아차렸을까. 이거 안 되겠다.'

와락 가방을 낚아채 겨드랑이에 꼭 끼고 옆걸음을 쳤다. 그러면서 가방을 빼앗으려는 자가 어떤 골상인가 흘긋 살폈다. 그런데 가방을 탈취하려다 실패한 장본인은 의외로 깨끗한 교복을 단정하게 입은 여고생 차림이 아니던가! 그녀는 일그러진 나의 험한 인상에 머쓱하면서도 무척 당황하는 기색이었다.

왜 하필이면 젊은 여자가 이런 짓을 할까. 남의 눈을 속이려고 교복 차림까지 하다니. 시험장에 도착하니 몇 안 되는 수험생들이 초조히 운동장을 배회할 뿐이었다. 시험이 시작되려면 아직도 상당한 시간이 남았지만 버스 속에서 일어났던 일이 집요하게 머릿속을 혼란시킨다. 어쩜 그렇게 차분하고 예쁘게 생긴 아가씨가 그런 일을 할 수 있을까? 어쩜 그런 일을!

대학에 입학하고 거의 한 달쯤 지나서야 버스 안에서 앉은 사람이 서 있는 사람의 가방이나 물건을 받아주는 것이 자연스런 일임을 알았다. 그리고 보면 나는 정말 엉뚱한 실수를 저지른 것이다. 그 일을 생각하며 얼굴이 화끈 달아올랐다.

요사이도 가끔 버스 안에서 마음씨 고와 보이는 여학생이 가방을 받아준다거나, 처음 시골서 올라온 듯한 청년이 몹시 불안정한 모습으로 버스 안을 서성일 때면, 8년 전 일이 기억나서 쓸쓸히 미소짓곤 한다. 이제 곧 입시철이다. 지방에서 많은 학생들이 서울로 올라올 텐데 이 같은 실수가 없기를 바라는 마음 간절하다.

(진학, 1974. 1)

덧없는 세월에 마음을 빼앗기고

제2부

말조심

살다 보면 본의 아니게 실수하는 일이 종종 있다. 이런 일들은 대체로 세월의 흐름과 함께 자동적으로 기억 속에서 사라진다. 하지만 그중에서도 끈질기게 뇌리에 달라붙어 생각할 때마다 낯을 뜨겁게 하는 경우가 있다. 그 일이 남에게 상처를 주었다면 한층 더 얼굴이 붉어지지 않을 수 없다. 그것이 별 생각 없이 내던진 한마디 말로 야기된 것이었다면 더욱 그렇다.

고속버스가 등장한 지 얼마 안 된 시기였던 것 같다. 서울 시내 여자고등학교 1학년 담임이었던 시절이다. 어느 날 우리 반 학생들에게 유익한 이야기를 들려주겠다고 이런저런 예를 들면서 장광설을 늘어놓은 적이 있다.

"여러분들은 지금 같은 학교에서 같은 교복을 입고 같은 선생님에게 같은 과목을 배우고 있어요. 하지만 많은 세월이 흐른 뒤 제각기 여러 면모로 변해 있을 것입니다. 진지하고 성실하게 열심히 산 사람과 그렇지 않은 사람은 확실히 다릅니다. 내 주위를 둘러보니 그것이 확연히 드러납니다. 똑같은 고등학교 졸업장을 들고 함께 교문을 나섰건만 10여 년이 흐른 뒤, 어떤 친구는 판검사나 대기업체의 중견사원이 되었는데, 어떤 친구는 운전수나 노점상이 되어 있어요. 10년이란 세월을 얼마나 노력했느냐에 따라 이처럼 차이가 날 수 있어요. 세월이 흐를수록 그 거리는 더욱 벌어질 겁니다. 여러분은 어떤 사람이 되기를 원합니까?"

평소 학생들에게 들려주고 싶었던 내용인 만큼 목소리에 힘이 들어가고 다소 흥분하기도 했던 모양이다. 사건은 그 다음에 일어났다. 그 시간을 마치고 교무실로 돌아와 자리에 앉기도 전이다. 한 학생이 눈물로 뒤범벅된 얼굴로 찾아와 원망이 가득한 저주어린 눈초리로 노려보는 것이다. 의아하고 당황하는 나를 향해 그 학생은 말했다.

"운전수가 뭐 어때서 그래요. 선생님들마다 직업에는 귀천이 없다고 해놓고선 속으로는 아니잖아요." 그러면서 하는 항의의 요지는 이렇다. 그 학생의 아버지는 고속버스 운전사이다. 매일 아침 멋진 제복을 차려입고 출근을 하신다. 누구하고 비교해도 제일 멋져 보인다. 그뿐이 아니다. 정이 많고 매우 자상하시다. 자식들을 위해서라면 무슨 일이든지 하신다. 지금까지 아버지처럼 훌륭한 사람은 본 적이 없다. 이 세상에서 가장 멋지고 훌륭한 분으로 존경한다. 그런데 오늘 선생님의 말씀을 듣고 나니 그게 아니다. 한없이 딱하고 초라하게 보인다. 과연 운전수는 보잘 것 없는 직업이냐.

학생의 말을 듣고 보니 정말 큰 실수를 했다는 생각이다. 성실한 삶을 강조하려는 데만 급급한 나머지 앞뒤 가리지 않고 열변을 토했던 것 같다. 솔직히 고백하거니와 내 스스로도 직업에는 귀천이 없다는 생각이고 그렇게 말한 적도 한두 번이 아니다. 그 생각에는 아직도 변함이 없다. 그런데 어쩌다가 이런 잘못을 저질렀는지 알 수 없다. 심층심리에 자리 잡은 잘못된 인식이 무의식중 그런 결과를 빚었다면 할 말이 없다. 여하튼 별 생각 없이 던진 몇 마디 말이 아버지를 존경하는 효성스런 여고생의 가슴에 깊은 상처를 입히고 만 것이다. 짧막한 혀의 잘못 놀림이 엄청난 화를 부른 것이다. 나는 실언을 인정하고 사과했다. 그리고 인간은 신이 아닌 이상 실수가 있는 법이고 나 또한 예외가 될 수 없노라고 변명했다.

문득 명심보감의 한두 구절이 생각난다. 口舌者 禍患之門 滅身之斧也(입과 혀는 화와 근심의 근본이며 몸을 망치는 도끼와 같다). 口是傷人斧 言是割舌刀 閉口深藏舌 安身處處牢(입은 사람을 상하게 하는 도끼이며 말은 혀를 베는 칼이다. 입을 막고 혀를 깊이 감추면 몸은 어느 곳에 있으나 편안할 것이다). 조금도 과장되었다고 생각되지 않는 금언이다. 칼라일은 "마음속에 숨겨두지 못하고 다 말을 펴는 사람은 결코 큰일을 할 수 없다"고 했다. 말을 삼가라는 뜻이다. 이런 명구들을 명심하고 실천했다면 사려 없이 마구 떠들어 대지는 않았을 것이다.

어찌 명심보감이나 칼라일 뿐이랴. 동서고금을 막론하고 말을 조심하고 삼가라는 속담이나 격언과 경구가 얼마나 많은가. "말 많은 집은 장맛도 쓰다." "말이 많으면 쓸 말이 적다." 등등. 이와 유사한 의미를 고시조에서도 얼마든지 발견할 수 있다. 그중 한 수만 소개해 본다.

> 듣는 말 보는 일을 사리(事理)에 비겨 보아
> 올흐면 할지라도 그르면 마를 것이
> 평생(平生) 할 말슴을 갈희내면 므슴 시비(是非)이시리
>
> (작자 미상)

그럼에도 불구하고 말에 대한 조심은 그리 쉽지 않은 듯하다. 그 때문에 경각심을 불어넣는 경구가 허다한지 모른다. 자신은 농담삼아 우스갯소리를 섞어 가볍게 흘리는 투로 말 했지만 듣는 사람은 그 말이 커다란 못이 되어 가슴에 박히는 경우가 있다.

수업 시간을 지루하지 않게 이끌어 가기 위해 위트와 유머를 구사한다면서 키 작은 여학생에게 "야, 너 그렇게 작아서 시집가겠냐? 머리에 비료도 좀 뿌리고 물도 자주 줘라."라고 말한 교사가 있다고 한다. 나머지 학생들은 그냥 재미있게 웃어 넘기면 그만일지 모른다. 교사 역시 잠시 학생들을 웃기기만 하면 된다고 생각할지 모른다. 그러나 당하는 학생의 입장은 결코 그렇지 않다. 아마도 평생을 두고 그 교사를 저주하고 미워할지 모른다.

다시 한 번 내가 무심코 한 말이 남에게는 평생 한의 응어리로 남을 수 있다는 것을 강조하고 싶다. 학생들을 가르치려다 오히려 배운 게 있다면 말조심은 아무리 해도 지나치지 않다는 것이다.

(천안문학, 1995. 5)

역지사지

어느 해 여름 경상북도 문경군에 있는 한 산사(山寺)를 찾은 적이 있다. 불심이 깊었던 때문이 아니고, 사법고시 준비를 하는 동생을 만나보기 위함이었다. 그랬다가 청정하고 그윽한 분위기에 이끌려 한 달 가까이 머무르게 되었다. 한여름인데도 아궁이에 연탄불을 넣어야 할 정도였고 잠잘 때는 얇은 이불이나마 덮어야만 했다. 가장 가까운 마을에 내려가더라도 한 시간은 좋이 걸리리라 생각되었다. 역사가 오래된 만큼 주변의 숲은 우거지고 계곡물도 제법 흐르는 편이었다. 매미 울음소리가 온종일 소나기로 쏟아지고 시원한 바람도 끊이지 않았다. 이런 분위기가 여느 절의 그것과 크게 다를 것은 없다. 다만 사법고시에 다수 합격했다는 소문이 돌아 고시준비생이 많다는 사실이 특색이었다.

그 산사에서 보내는 며칠 동안 재미난 경험을 하게 되었다. 숲 속을 뒤져 개구리 한 마리를 잡는다. 그 녀석을 절 옆에 흐르는 시냇물 바

위 틈에 떠내려가지 않게 잡아매둔다. 얼마 후에 녀석을 향해 스믈스
믈 가재들이 모여든다. 큰 것부터 새끼까지 주워 담기에 바쁠 지경이
다. 삽시간에 한 양동이 가득 찬다. 정말 신기하다. 가재들은 개구리
의 상처에서 흘러나온 피 냄새를 맡고 달려드는 모양이다.

잡는 재미만도 쏠쏠한데 볶아 먹는 맛도 아주 그럴 듯하다. 빨갛게
구워진 녀석들을 고추장에 찍어 먹는 맛이란 고소하기가 그만이다.
절에서 고기 맛을 즐길 수 있는 절호의 기회다. 고시생들이 수시로 이
짓을 하는 이유가 여기에 있다. 그들의 유일한 오락을 겸한 식도락의
방편이기도 하다. 다소 켕기는 것은 스님들의 눈치인데 잘 감추어 두
기만 하면 된다.

어느 날 양동이 그득 잡은 가재를 뒤뜰 귀퉁이에 잘 감추어 두었다.
그런데 그만 한 스님에게 들키고 말았다.

"이 많은 가재를 왜 잡아다 놨어요?"

"볶아 먹으려고요."

"어디서 어떻게 볶아 먹나요?"

"냇가에서 버너로 구워 고추장에 찍어 먹지요."

이왕 걸린 것 솔직하게 말해 버렸다. 스님은 이 말을 듣고 좀 언짢
게 여길 것이다. 어쩌면 부처님의 자비를 들먹일지도 모른다. 아니면
살생은 큰 죄라고 설교할지 모른다. '미안하다고 말한 뒤 곧 살려주겠
노라고 대답하자. 그리고 아무도 보이지 않는 곳에서 볶아 먹자.' 이
런 생각을 한다.

대답을 듣고 난 스님은 예상과는 달리 잔잔한 목소리로 다시 묻는다.

"가재가 볶일 때 얼마나 뜨겁겠습니까? 자신이 가재처럼 솥에서 볶인다면 얼마나 고통스럽겠습니까?"

내가 뜨겁게 달궈진 가마솥에서 볶인다고? 이 말을 듣는 순간 생각만 해도 아찔했다. 그 고통과 괴로움을 어떻게 견딜까. 가재도 볶이는 순간에는 인간과 똑같이 괴롭다고? 그럴 것이다. 생명체로서 가재나 나는 똑같지 않은가. 왜 진작 그런 생각을 못했을까. 역지사지(易地思之). 흔하게 쓰이는 이 말이 이처럼 충격적으로 다가온 때가 있었던가. 그렇다. 처지를 바꿔놓고 생각해 보라. 스님의 말씀이 벽력같이 머리를 친다. 왜 지금까지 그런 사실을 미처 깨닫지 못했을까.

살생을 하지 말라는 말을 들을 때마다 그냥 무덤덤하게 지나쳤던 게 사실이다. 살생하라는 스님이 어디 있겠는가 하는 정도였다. 그런데 이 순간 모든 생명이 꼭 같다고 느껴지는 이유는 무엇일까. 진리는 가까이에 그리고 평범 속에 있다더니 과연 그러한 것일까. 스님의 짤막한 한마디가 그것을 일깨워 준 것이다. 곧바로 가재를 모두 살려주었다. 그 후 다시는 잡지 않았다.

얼마 전 집안에 작은 거미 한 마리가 나타났다. 아이들이 무섭다고 소리를 질렀다. 녀석을 사로잡아 방충망을 열고 밖으로 내보냈다. 예전 같으면 으깨어 쓰레기통에 처넣었을 것이다. 지금까지 많은 곤충들을 아무 생각 없이 죽여 버리곤 했다.

지금은 아무리 작은 생명체라도 죽이지 않으려 한다. 역지사지. 역지사지. 내 생명과 마찬가지로 그들의 목숨도 소중하니까 말이다.

(천안문학, 1994. 11)

왜들 이러나

전쟁영화에서 가끔 진한 감동을 맛볼 때가 있다. 물론 병사가 용감하게 싸우는 장면에서 감명을 받는 경우가 없지는 않다. 그러나 정말 가슴 뭉클하게 공감할 수 있는 것은 따뜻한 인간애로부터 비롯된다.

치열한 총격전 후 한쪽 편이 전멸하다시피 크게 흐트러진다. 그 와중에 가까스로 목숨을 건진 두 병사가 간신히 그곳을 빠져나온다. 안타깝게도 적에게 발각되어 추격을 받게 된다. 필사적으로 달아나던 중 한 명이 적의 총탄에 맞아 비명을 지르며 나뒹군다. 다른 병사가 그를 들쳐 업는다. 총 맞은 병사가 자신은 가망 없으니 내버려 두고 어서 떠나라고 한다. 아랑곳없이 병사는 부상병을 업은 채 엎어지고 고꾸라지며 정신없이 달린다. 가뜩이나 기진맥진해 있는 그로서는 달리기가 무척 힘에 겹다. 적군은 총을 쏘며 계속 쫓아오고 있다. 그러나 병사는 결코 포기하지 않는다.

덧없는 세월에 마음을 빼앗기고

이러한 장면을 놓고 의견이 분분할 수 있다. 전우로서 그렇게 하는 것이 당연하다. 아니면 어차피 죽을 병사인데 그를 구하려다 자신마저 죽을 수는 없다. 또는 포로가 되면 군사 정보가 누설될지도 모르니 부상병을 살해해야 한다 등등. 어쨌든 이런 경우 합리적이고 논리적인 판단 이전에 그것이 우리를 감동시키는 것만은 사실이다. 자신을 돌보지 않고 끝까지 동지를 살려보겠다는 그 갸륵함이 심금을 울리는 것이다. 여기서 자신의 죽음이나 군사 비밀은 미처 생각할 겨를도 없을 것이다. 전우가 적에게 체포되면 갖은 고문과 학대에 시달린다는 생각에 붙안고 무작정 달리고 보는 것이리라. 지금까지 동고동락했던 동료에 대한 애착심, 뭐 그런 것이라고나 할까.

인간은 사회적 동물이기에 누군가와 어울려 살아오고 또 살아가는 것이다. 혼자의 삶은 의미가 없다. 주위 사람들이 잘 살지 못하는데 혼자서만 잘 살면 그 역시 마음이 편치 않을 것이다.

요즈음 웬일인지 이러한 기본적인 생각마저 흔들리는 상황이 벌어지고 있다. 놀라지 않을 수 없는 현상이다. 회사나 공장에서 '구조조정'이니 '구조개혁'이니 하는 해괴한 낱말이 유행어가 되어 버린 것이다. 그 말의 속내를 따져보면 단순하지 않을 것이다. 그러나 핵심은 구성원을 쫓아내는 것이다. 쫓아낸 자리를 비워두느냐 하면 그러지 않고 젊고 유능한 인물로 채운다.

왜들 이러나. 나이 많은 사람이나 능력이 좀 모자란 사람은 어쩌란 말인가. 공장이나 회사도 나름대로 어려움이 있고 어쩔 수 없이 그럴 수밖에 없다는 것을 모르는 바 아니다. 하지만 능력이 모자라면 좀 더 열심히 노력하게 하면 되지 않나. 주위에서 함께 도와주고 이끌어주면 되지 않나. 나이가 많은 경우도 그렇다. 지금까지 그들은 자신의 직무에 충실해왔다. 그들은 나름대로 경험을 쌓고 그들만의 노하우도 가지고 있다. 이를 무시하고 우선 내쫓고 보자니 될 말인가. 무한경쟁 시대, 글로벌시대를 들먹이는 자들은 걸핏하면 "변하지 않으면 다 죽는다." "이대로 가다간 다 죽는다."고 외쳐댄다.

왜들 이러나. 사람은 천차만별이다. 이런저런 사람들이 한데 어울려 조화를 이루어 살아가는 것이다. 나이 많고 능력이 좀 부족하다고 내몰면 그들은 어디로 가란 말인가.

만약 능력이 뛰어난 사람들만 있다고 가정해보자. 끔찍한 세상이 될 것은 불을 보듯 뻔하다. 다들 저 잘났다고 날뛸 테니 말이다. 모두 잘생긴 사람만 있다면 하나같이 탤런트를 하겠다고 아우성일 것이다. 모두가 박사라면 그 박사가 무슨 의미가 있겠는가. 박사 아닌 사람이 있으니까 상대적으로 박사가 돋보이며 의미가 있는 것이 아닌가. 못난 사람이 있기 때문에 잘난 사람이 빛나는 것 아닌가. 그런데 그 한쪽을 떼어내다니 그게 될 말인가.

무식한 사람은 몰라서 그렇다고 치자. 이건 뭐 좀 안다는 인물들이 더 난리를 치니 가관이다. 많은 독자를 확보하고 있는 일간신문의 칼럼이나 시론을 눈 비비고 읽어도 약자들을 감싸는 글은 보이지 않는다. 잘난 사람이 그보다 못한 사람을 감싸안고 함께 살아가자는 주장은 보이지 않는다. 약하고 힘없는 사람들을 하루바삐 쫓아내라고 안달이다. 왜들 이러나.

단지 나이가 좀 들었다고 해서 아니면 능력이 좀 부족하다고 해서 직장을 잃고 어깨가 축 처져서 죄인처럼 지내는 사람의 숫자가 늘어나고 있다. 남과 더불어 고통을 함께하는 인간애는 전쟁 영화에서나 찾아야 하는 것일까. 이제는 무조건 내몰린 사람들이 어떻게 살아갈 것인가도 생각해 봐야 할 때다. 정부에서도 수수방관만 할 것이 아니라, 좀 더 적극적으로 이들 편에 서주었으면 좋겠다. 이런저런 사람들이 더불어 서로 이끌어주고 다독여주며 사는 세상이 오기를 간절히 기대해 본다.

(천안문학, 2001. 11)

화투 놀이

저명한 국문학자 한 분인 도남 조윤제 박사는 그의 한 저
서에서 우리의 민족성이 낙천적이라고 평가한다. 전적으로 찬성할 수
는 없지만 나도 그런 면이 없지 않다는 생각을 해왔던 터이다. 타고난
낙천적 기질 때문일까. 우리나라 사람은 몇몇이 모이기만 하면 시간
을 즐겁게 보내려고 갖가지 방법을 동원한다. 그중의 하나가 화투 놀
이가 아닐까 싶다.

한국 사람치고 어렸을 때 이 놀이를 구경했거나 몸소 해보지 않은
경우가 거의 없으리라. 누구나 몇 번쯤 겨울밤이 깊어가는 줄도 모른
채, 또래들과 어울려 온 정신을 쏟아부은 경험이 있을 것이다. 가끔은
고구마나 배추 뿌리로 야식을 하기도 하지만 없어도 상관없다. 무슨
내기를 하는 때도 있지만 그게 아니라도 재미있기는 마찬가지다. 화
투 놀이에 빠졌다가 발이 빠지도록 쌓인 눈을 보고 화들짝 놀란 경험
도 없지 않으리라.

특별한 놀이 문화가 발달하지 못한 우리나라에 화투 놀이야말로 제격인지 모른다. 숫자 놀음이니 계산력이 발달할 수 있고 집중력을 기르는 데도 도움이 될 듯하다. 친구들이나 마음 맞는 사람들이 희희낙락하며 즐기기에도 그만이다.

단지 언제 어디서나 쉽게 할 수 있다는 점이 문제다. 언젠가 신문에서 읽은 기억이 있다. 해외여행객들이 비행기를 기다리는 동안 공항 대기실 귀퉁이에서 이 놀이를 하여 빈축을 샀다는 기사 말이다. 그뿐인가. 경건하고 엄숙해야 할 상가집에서 돈내기를 버젓이 하고 있지 않은가. 잘못된 이 놀이를 우려하는 여론도 만만찮다.

장인어른 생신 때의 일이다. 모처럼 처가집에 들렀더니 처남들과 동서들이 모여 있다. 의례적인 인사가 끝나고 식사를 마치자 방석이 깔리고 화투짝이 펼쳐진다. 1점당 얼마씩의 돈내기가 시작된다. 그냥 하면 민숭민숭 재미가 없으니 돈을 걸어야 한다는 것이다.

도저히 내키지 않았지만 땡감을 깨문 심정으로 끼어든다. 잠깐 동안의 오락으로 생각하자고 했지만 뜻대로 되지 않는다. 시간이 갈수록 판은 열기를 더해가고 못 알아들을 소리들이 튀어나온다.

"풀어줘, 풀어줘."

누가 넌지시 말했지만 나는 알아들을 턱이 없다. 무슨 패를 내놓으라는 소리 같기는 한데 어떤 것을 내놓아야 할지 알 수 없다. 몇 번 판이 돌아가는 사이에 노골적으로 원망하는 소리가 들린다.

"제때에 풀어줬으면 씌우는 건데."

내가 풀어주지 않아서 몇 사람이 당했다는 것이다. 오랜만에 만난 동서와 처남 매부지간에 이건 너무한 듯하다. 그간의 소식이나 세상 돌아가는 이야기라도 나누었으면 했는데. 기껏 모였는데 화투쪽에만 매달리고들 있으니. 그것도 돈내기라니.

모처럼 고등학교 동기동창회에 참석해서도 이와 똑같은 일을 겪었다. 반갑다고 악수를 나눈 뒤 왁자지껄 떠들면서 식사를 하고는 곧바로 고스톱 판을 벌인다. 음식점 방 안에서 여러 팀으로 나누어 "고야. 고." "스톱이다." 어쩌구 하면서 떠든다. 미리 음식점 주인에게 양해를 얻어 놓은 모양이다. 오랜만에 만난 동창들의 근황을 들으려던 생각은 물거품이 되어 버린다. 할 수 없이 그들의 무리에 끼어 하는 척해 보지만 도저히 어울릴 수가 없다. 돈내기를 하니 더더구나 그렇다. 전처럼 풀어주지 못해서 옆 친구에게 피해를 줄까 걱정된다.

화투가 도박 기구가 되지 않았으면 좋겠다. 도박으로 돈을 따든 잃든 기분이 찜찜한 것만은 어쩔 수 없다. 아무리 화투 놀이가 재미있다고는 하지만 남은 아랑곳하지 않고 벌어지는 일은 더 이상 없었으면 좋겠다. 이제는 어린 시절의 즐겁고 재미있던 추억거리로나 영원히 남아주었으면 하는 바람이다.

(천안문학, 1999. 11)

이해할 수 없는 일

　　담배를 아주 싫어하다 보니 지금까지 온전히 한 개비 피워 본 적이 없다. 싫어하는 데 특별한 이유가 있는 것은 아니다. 건강에 해롭다거나 돈 낭비 때문이 아니냐고 하면 굳이 부정하지는 않겠지만 딱히 그런 것만도 아니다. 술도 건강에 유익하지 못하고 돈 씀씀이 또한 그에 못지 않으련만 술자리엔 곧잘 어울리고 또 어울리고 싶어 하기 때문이다. 아마도 담배는 애초부터 생리에 맞지 않았는가 싶기도 하다.

　식구 중에는 어머니와 첫째 동생이 담배를 피운다. 어머니는 나를 임신했을 때 구역질이 심했고 그것을 막기 위해 피우게 되었다고 한다. 그렇다면 흡연 경력이 수십 년 되는 셈이다. 동생도 30년 가까이 피운다. 동생의 흡연 모습을 처음 목격했던 순간이 생생히 떠오른다. 당시 충격을 어찌 잊을 수 있겠는가. 온몸의 힘이 쑥 빠지고 깊은 나락으로 떨어지는 느낌을 받았던 기억이 있다. 이럴 수가. 겨우 스무 살 나이에 어쩜 이럴 수가. 이건 구제할 수 없는 타락이야. 연기가 폴 폴 나는 동생의 입술을 멍하니 넋을 잃고 바라보았다.

당시 나는 담배에 대한 고정관념을 가지고 있었다. 담배는 이로울 것이 없다. 담배와 같이 해로운 것을 피우는 사람은 어딘가 허점이 있다. 허랑방탕하거나 타락한 사람이다. 이런 식이다. 그러니 흡연자를 곱게 볼 리 없었다.

총각 시절 친척의 권고로 레스토랑에서 맞선을 본 적이 있다. 둘만 남았을 때 여자가 탁자 위의 성냥갑을 만지작거리면서 내가 담배를 피면 불을 붙여주고 싶다고 했다. 그녀는 평소에 남자들의 흡연 모습이 멋있게 보이더란다. 그 후로 더 이상 그녀를 만나지 않았다. 이런 처지이고 보니 남들은 어떻든지 동생의 흡연이 충격으로 다가온 것은 당연한 일인지도 모른다.

흡연 장면을 들킨 후부터 동생은 대놓고 피워댄다. 차츰 골초가 되어 간다. 나와 함께 있더라도 거리낌 없이 후후 연기를 날린다. TV를 볼 때나 신문을 읽을 때도, 바둑을 두면서도 말이다. 참다 못해 설득에 나서 본다. 백해무익한 걸 왜 피우냐, 신문도 보지 못했냐, 건강에 치명적이라지 않더냐, 무식하다면 몰라도 대학까지 나오고도 그러면 되느냐. 그러면 동생도 지지 않는다. 형은 흡연자의 심정을 이해하느냐, 사회 저명인사들 중에 애연가가 얼마나 많으냐, 그들이 모두 무식하다는 말이냐.

그럼 또 반격한다. 동생이니까 이런 말을 하지 남이라면 상관하겠느냐, 아무 생각 없이 남을 따라 피우는 것은 노예근성 아니냐, 담배

살 돈으로 과일을 사먹으면 몸에 얼마나 좋겠느냐. 이와 더불어 담배로 인한 지저분함과 냄새의 지독함에 대해서도 빼놓지 않는다. 사실 담배 냄새는 그 어떤 냄새보다도 고약하다. 그 악취를 어떻게 묘사해야 제대로 나타낼 수 있을까.

건강도 좋지 않은 어머니께서 담배를 피울 때마다 걱정이 된다. 흰 종이를 노랗게 변색시키는 독성. 하수구의 장구벌레나 화장실의 구더기를 삽시간에 죽일 수 있는 파괴력. 어떤 할머니는 희연(囍煙) 한 봉지 삶은 물을 마시고 자살했다고 하지 않던가. 그 독이 몸 전체에 퍼져서 어머니를 녹여낼 것 같아 어린 마음에 얼마나 조바심쳤던가. 그때마다 금연을 부탁했고 어머니는 '끊어야지'를 반복하며 약속했지만 허사였다.

동생이 제대를 하고 얼마간 산사에서 고시 공부를 한 적이 있다. 한동안 절에서 지낸 그가 오랜만에 만나 금연 소식을 전한다. 실은 이전부터 꾸준히 시도해 오다가 이번에 결단을 내렸다는 것이다. 잘된 일이라고 진정으로 축하해 주었다. 그런데 그게 아니다. 얼마 후에 보니 여전히 담배를 물고 다닌다.

"금연은 어떻게 되고?"

묵묵부답이다. 그 후 동생은 십이지장궤양으로 수술을 받고 얼마간 병원 신세를 진 적이 있다. 병원으로 찾아간 나에게 의사가 강권하기도 하고 자기도 그럴 작정이라면서 금연할 의지를 보였다.

못할 법도 없지. 주위에 얼마나 많은 골초들이 담배를 끊었다고. 병원에 있는 동안 안 피웠으니 자연스럽게 이를 연장하면 될 것이 아닌

가. 그런데 그게 또 아니었다. 퇴원 후 한동안 담배를 안 피던 그는 얼마 안 있어 또 연기를 날리며 다닌다.

"야, 되게 끈질기다 끈질겨. 그런 끈질김이라면 무엇을 못할까. 출세하고도 남겠네."

앞으로는 그에게 담배 이야기는 꺼내지도 말자고 작정한다. 세월이 흐른 탓일까. 동생의 흡연 장면을 맨 처음 목격하고 망연자실했던 순간이 우수꽝스럽게 여겨진다. 담배를 피우면 왜 꼭 타락했다고 단정했는지. 그러면서도 내린 결론은 동생이나 어머니의 끈질긴 흡연은 내가 도저히 이해할 수 없는 첫 번째 항목에 속하기에 충분하다는 것이다.

(천안문학, 1996. 5)

복녀 이야기

술집 호스티스가 손님의 술 시중을 들다가 죽은 사건이 보도되어 가슴을 아프게 한 적이 있다. 그 내용은 대략 이러하다. 시골의 가난한 가정에서 자란 아가씨가 동생의 학비를 벌기 위해 서울로 올라와 술집의 호스티스가 된다. 그녀는 회사에 다닌다고 속이고 월급 중 얼마를 꼬박꼬박 시골집으로 보낸다.

어느 날 일본인을 동반한 손님들이 시중드는 그 아가씨에게 술 마시기를 권한다. 그녀는 술을 마시지 못하므로 사양한다. 손님들은 술을 먹지 않으려거든 대신 옷을 벗으라고 윽박지른다. 옷을 벗기보다는 차라리 술을 마시겠다고 술잔을 받는다. 연약한 그녀로서는 계속된 술 권유를 견디지 못하고 끝내 죽음을 맞게 된다.

언론은 이 비정한 손님들을 비난하고 가진 자의 못 가진 자에 대한 횡포를 규탄한다. 자신들의 유흥을 위해 남을 죽음으로 내몬 사실은 아무리 비난받아도 마땅하다. 그러니 언론의 비난이나 규탄이 하나도 지나칠 리 없다. 아쉬운 것은 그 아가씨가 왜 하필 술집 호스티스가 되었을까 하는 점이다.

그녀는 특별한 기술이 없고 학벌도 변변치 못하다. 주변에 도움을 주거나 이끌어줄 만한 사람 하나 없다. 웬만한 직장을 구한다는 것은 처음부터 상상하기조차 힘든 일이었는지 모른다. 그렇다고 술집의 호스티스 외에 딴 직업은 없었을까.

어느 잡지에서 술집 호스티스의 수입과 지출을 비교해 놓은 도표를 본 기억이 있다. 생각보다 괜찮은 수입으로, 누가 뭐래도 그것은 매력적이다. 그 매력은 지출 세목 때문에 곧 낙담으로 바뀐다. 주택 임대료, 화장품 값, 드레스 비용 등등이 엄청나 결과는 적자다. 그들이라고 모두 꼭 같을 수는 없으리라. 그 아가씨는 어쩌면 예외에 속하는지 모른다. 동생의 학비를 보내줄 정도였으니 아주 근검절약하였을지도 모른다. 하지만 그녀 역시 호스티스 생활의 범주를 크게 벗어나지 못했을 것이고 그래서 의도한 만큼 돈을 벌지도 못했을 것이다.

그녀는 왜 술집 호스티스가 되었을까. 손님들이 조용히 술 마시고 담소를 나누다 갈 줄로만 알았을까. 아니면, 그녀를 동정하여 팁이나 듬뿍 주는 것으로 알았을까. 처음부터 술집 생리를 잘 몰랐는지도 모른다. 아마도 동생 학비만을 생각한 나머지 아무것도 염두에 두지 않고 무조건 뛰어들었는지 모른다.

김동인의 단편소설 「감자」에 관해 학생들과 토론한 적이 있다. 한 학생이 주인공 복녀에 대해 동정론을 편다. 그녀는 시대의 희생물이라는 것이다. 당시 사회에서 살아남기 위해 매음이라도 할 수밖에 없지 않았느냐는 것이다. 그처럼 악착같이 살아가려는 끈질긴 노력이 야말로 높이 사야 한다는 것이다. 그러자 다른 학생이 반발하고 나선다. 암담한 사회라지만 꼭 타락해야 살아갈 수 있는 것이냐고. 복녀는 성실하고 착실하게 살아가려 한 것이 아니고 쉽게 돈 벌고 힘 안 들이고 살아가려 한 것이 아니냐고. 서로 상반된 주장이지만 얼마 후 분위기는 후자 쪽으로 기울어진다. 어떤 시대나 사회를 막론하고 근면·성실한 삶이 요구된다는 것을 복녀의 비극적 죽음이 보여주었다는 결론이다.

술집 호스티스의 죽음을 당연시하거나 필연적이라고 내세울 마음은 추호도 없다. 그 죽음을 욕되게 하고 싶은 마음은 더더구나 없다. 아니 그녀의 죽음이 너무도 안타까워 이 글을 쓰는지 모른다. 그녀가 여공이나 가정부가 되었더라면 어땠을까. 어떤 직업이든 술과 거리가 먼 직업이었으면 좋았을걸. 그녀는 술을 잘 마시지 못했으니까 말이다. 여공이나 가정부도 반드시 아는 사람을 통해야만 된다든지 특별한 기술을 원하거나 전문 지식을 요구하는 것만은 아닐 것이다. 힘들고 고생스럽기는 마찬가지겠지만 억지로 술을 마시게 하는 등 원치 않은 행동을 강요당하지는 않았을 것이다. 남 보기에도 성실하고 착실하게 돈을 번 것이고 그만큼 더 떳떳했을 것이다.

현재의 여공이나 가정부들도 원하면 언제라도 술집 호스티스가 될 수 있을 것이다. 그러나 이를 거부한 것이다. 이들은 쉽게 돈 버는 것보다는 남의 희롱을 받지 않겠다고 결심했는지 모른다. 그들은 복녀를 이런 부류로 생각하고 그녀의 비참한 죽음을 늘 염두에 두었는지 모른다. 오늘도 이른 시각부터 총총히 일터로 향하는 여성 근로자들에게서 성실하고 착실한 삶의 자세를 발견하려는 것은 나만의 편견일까.

(천안문학, 1992. 10)

덧없는 세월에 마음을 빼앗기고

호칭에 대하여

　　언젠가 연구실로 한 남학생이 화가 몹시 난 표정으로 찾아온 적이 있다. 사연은 이러했다. 그 학생은 고등학교 졸업 후 군대를 다녀오고 삼 년 동안 직장 생활을 한 뒤 소위 늙은 신입생으로 입학했다. 그런데 자신의 두세 번째 동생쯤 되는 여학생들이 같은 학년이란 이유로 '아무개 씨' 하고 부른다는 것이다. 그 '씨'자를 붙인 호칭에 영 비위가 뒤틀리고 속이 상한다는 것이다. 가뜩이나 늙은 신입생이란 자격지심에 의기소침해 있는데, 어린 여학생들마저 맞먹으려 드니 화가 치민다는 것이다. 참다못해 이의 시정을 위해 지도교수를 찾아왔노란다. 아무리 자유분방한 대학사회라지만 나이 많은 학생이 대접받고 싶어 함은 당연한지 모른다.

　　"그럼 자네는 여학생들이 무어라고 불러주기를 원하나?"

　　그 질문에는 선뜻 대답하지 못한다. 거기까지는 미처 생각하지 못했던 것 같다. 영어와 달리 우리말은 상대방을 호칭할 때 각하·영감님·아저씨·당신·자네·너 등 그 지위와 신분에 따라 여러 가지 표현을 쓴다. 우리가 과연 적절한 적재적소에 호칭을 구사하고 있는지 돌아볼 일이다. 본의 아니게 잘못 호칭하여 남의 기분을 상하게 할 수도 있으니까 말이다. 당신이란 호칭의 경우를 보자.

"주님이시어! 당신의 은총을 베풀어 주소서."

"우리 할머니! 당신께서는 생전에 늘 부지런하셨지."

이처럼 당신은 극존칭에 해당하는 호칭어 또는 지칭어이다. 이 말이 부부 사이에서는 정감어린 느낌으로 사용된다.

"여보, 당신 요즈음 건강이 어때?"

"나야 괜찮지만 당신이 걱정이구료."

그런가 하면 상대방의 기분을 상하게 하는 경우도 있다. 두 사람이 말다툼을 벌인다. 한참 옥신각신하다가 한쪽이 말한다.

"당신 정말 이러기요?"

"아니 어디다 대고 당신이야, 당신이."

이쯤 되면 분위기는 더욱 험악해진다. 당신이란 말에 한쪽 편의 감정이 상한 것이다. 당신이란 말이 늘 좋은 의미로만 쓰이지 않는다는 것을 보여준 예다. 나도 당신이란 말을 들을 때 기분 좋은 느낌이 없다.

늙은 신입생에게 '씨'자 호칭이 결코 나쁘지 않다고 설명해 준다. 아저씨라고 부르기도 그렇고 오빠라고 하기도 좀 뭣하고 형도 적당하지 않다. 선배님이라면 좋았을걸 그것을 미처 생각하지 못한 여학생들이 차선책으로 '씨'자 호칭을 쓴 모양이라고 덧붙인다. 어떤 대기업에서는 사원들 간에 이름에 '씨'자를 붙인 호칭이 가장 많이 쓰이고 또 이것은 가장 무난한 것으로 조사되었다는 것도 말해 주었다. 그제서야 그 늙은 신입생의 격앙된 감정이 한결 누그러졌다.

교수님이란 호칭에 대한 어느 국어학자의 글이 생각난다. 초·중등학교의 교사를 학생들이 교사님이라고 부르지 않듯 대학교수에게도 교수님이라고 호칭해서는 안 된다는 요지다. 교사를 선생님이라고 부르듯 교수도 선생님이라고 불러야 한다는 것이다. 그러고 보니 교수님이란 호칭은 학생들이 사무적이고 의례적으로 사용하는 것 같다. 이에 비해 선생님이라 부르면 끈끈한 정이 느껴진다.

교수님이 권위적이고 위압적이라면 선생님은 다정하고 친근감을 준다. 의사님·화가님·농부님 등처럼 직업을 호칭으로 하지 않는 것만 보더라도 교수님이란 호칭은 바람직하지 않다. 더구나 교수직을 떠났을 때는 부르기가 곤란할 수밖에 없지 않은가. 이와 달리 언제라도 사용할 수 있는 것은 선생님이 아닐까 싶다.

나는 지금까지 교수님이란 호칭을 사용한 적이 없다. 친근감과 끈끈한 유대감을 염두에 둔 까닭이다. 학생들에게도 교수님 대신 선생님이라고 불러주기를 부탁한다. 박사학위를 취득했다고 박사님, 학과장직을 맡았다고 학과장님 하면 듣는 사람이 어색하고 거북해 할 것이다. 지금까지의 선생님이 하루아침에 박사님 혹은 학과장님으로 바뀌었으니 그럴 수밖에 없다. 직장이나 단체에서 구성원 상호 간에 사용하는 호칭이 천편일률적일 수야 없겠지만 대학교에서만은 선생님으로 부르는 것이 좋겠다. 학위명이나 보직명으로 부르면 아첨하는 것 같아 비굴함이 엿보일지도 모르기 때문이다.

개혁을 부르짖는 문민정부가 출범하면서 국민들은 많은 기대를 하는 모양이다. 호칭처럼 작아 보이는 일부터 구태를 벗어야 큰 문제도 개혁할 수 있을 것이다. 초 · 중등학교에서는 교장이라고 부르면서 대학교에서는 왜 총장이라고 하는지도 생각해 볼 문제다. 각하니 영감이니 하는 호칭도 사라져 가고 있지 않은가.

(천안문학, 1994. 11)

덧없는 세월에 마음을 빼앗기고

다양한 만남을 위하여

올 여름은 태풍이 유난히 맹위를 떨쳤다. 어느 해보다도 인명과 재산의 피해가 컸고, 그 후유증도 상처로 남아 아물기가 쉽지 않을 듯하다. 그런 뒤에 찾아온 가을이기 때문일까. 지난여름의 암울한 분위기와는 사뭇 다르게 싱싱하고 상큼하다. 옷깃을 스치는 바람결이 제법 서늘한 걸 보니 벌써 가을이 깊었나 보다. 이제 여름에 겪었던 고통과 괴로움을 훌훌 떨어버리고 새로운 삶을 위해 의연히 일어나야 하겠다.

그렇다. 새로운 삶은 다양한 만남으로부터 시작한다. 인간은 만남에서 시작하여 만남으로 끝난다 해도 과언이 아니다. 태어나는 순간 어머니를 비롯한 가족들을 만나고, 점차 친척과 친구를 만나고 연인과 스승을 만난다. 그뿐이겠는가. 하루에도 여러 번 짧고 긴 만남이 이루어진다.

이제는 이러한 일반적 만남에서 벗어나 좀 더 넓고 깊고 차원 높은 만남을 가져야 하지 않을까. 책을 통한 만남이 우리의 이러한 바람을 해결해 준다. 우리는 언제든지 책을 통해 누구라도 만날 수 있다. 동양인도 서양인도 철학자도 문인도 지금 살고 있는 사람도 아주 옛날에 돌아가신 분도. 이퇴계나 이율곡·정약용은 물론 공자나 칸트·셰익스피어도 만날 수 있다. 만나서 인생을 배우며 지혜를 깨우치고 대화를 나눌 수 있다. 오늘날과 같은 무한경쟁시대에는 무엇보다 중지 (衆智)가 필요하다. 이를 가장 용이하게 구할 수 있는 방법이 책 읽기가 아닐까. 예부터 책을 '어두운 거리의 등불' '험한 나루의 훌륭한 배'라고 일컬어 온 이유가 여기에 있다.

중년 여성들에게서 학창 시절 멋진 연애를 하지 못해 못내 아쉽다는 이야기를 종종 듣곤 한다. 그들은 대학 시절 소위 화끈하게 연애하지 못한 것을 후회하는 것이다. 그러나 그들은 우선순위가 틀렸다. 실은 세계적인 명작을 읽지 못한 것을 먼저 후회해야 한다. 젊었을 때, 인생의 길잡이가 될 동서양의 고전을 읽지 못했다면, 그 이상 후회할 일이 어디 또 있겠는가.

바야흐로 등화가친의 계절이다. 등불을 가까이 해서 책을 읽는 데 있어 왜 하필 가을이냐고 반문할지 모른다. 마음만 먹으면 언제라도 독서를 할 수 있지 않느냐고. 그러나 실제는 그렇지 못하다. 봄에는 몸이 나른하게 풀려서, 여름에는 덥고 눅진해서, 겨울에는 춥고 감정이 메말라서 책을 가까이 하기 쉽지 않다. 이에 비해 가을은 아주 쾌적하다.

이제 저 6월의 월드컵 함성과 10월의 부산 아시안 게임 환호도 끝났다. 한때의 환희와 흥분에서 벗어나, 차분히 제자리로 돌아와 책을 잡을 때다. 귀뚜라미나 먼 기적 소리라도 벗 삼아 제법 길어진 밤에 위대한 선인(先人)들을 만나보자. 지금까지의 숱한 만남보다 한 단계 성숙하고 승화된 만남 말이다. 진리를 터득하고 삶에 대해 진지하게 토론도 벌여보자. 그것이 지난여름이 남긴 상처를 치유하는 한 방법도 되지 않을까.

(삼창소식, 2002. 11)

올바른 인사 예절

　　3월의 끝자락 교정은 온갖 꽃들로 현란하게 물들고, 거니는 학생들도 마냥 활력이 넘쳐 보인다. 마주치는 그들이 나에게 밝은 표정으로 인사를 한다. 그냥 지나쳐도 어쩔 수 없을 텐데 반가운 일이다. 그런데 그 인사가 언제나 반갑기만 한 것은 아니다. 공경하는 마음이 들어 있지 않은 것 같은 느낌이 이따금 들기 때문이다.

　인사는 마음에서 우러나와야 한다. 마음에도 없는 인사는 겉치레일 뿐이다. 심중에서 우러나와 예의를 갖추어 인사를 했는데, 상대방이 그렇게 받아들이지 않는다면, 그 태도에 문제가 있는지 되돌아보아야한다. 가령 알아보기도 힘든 먼 거리에서 소리만 지른 것은 아닌지. 하는 건지 안 하는 건지 구별이 안 될 정도로 애매한 모습은 아닌지. 무언가를 먹으면서 혹은 웃거나 잡담을 하다가 갑자기 생각난 듯이 한 것은 아닌지. 그뿐인가. 호들갑을 떨면서 요란스럽게 해도 아첨하는 듯해서 자연스럽지 않다. 고개를 숙이지 않고 입으로만 해서도 안 된다.

　인사(人事)란 글자 그대로 '인간(人)의 일(事)'이다. 따라서 인사를 안 하거나 하더라도 제대로 하지 않으면, 사람으로서의 할 일을 하지 않거나 제대로 하지 않은 것이 된다. 우리의 인사 문화는 아직도 많은 부분에서 잘못되어 있다. 남에게 인사를 먼저 하면 굴욕적이고 자존심이 상하는 줄로 아는 사람이 있다. 손아랫사람은 언제나 먼저 하고 윗사람은 받기만 하는 것으로 아는 경우도 있다. 인간의 일이란 누구나 하는 것이지 윗사람, 아랫사람의 구별이 있을 수 없다. 대학생들도 인사할 때만은 선후배를 굳이 따질 필요가 없을 듯하다. 먼저 본 사람이 먼저 하면 되는 것이다. 상황과 상대방에 따라 적절하게 대처해서 말이다.

　학생들에게 흔히 듣는 인사말은 "안녕하세요"이다. 이것은 가벼운 인사에 속한다. 이런 인사법은 손아랫사람에게 하는 것이다. 정중하게 인사를 해야 할 상대에게 가볍게 인사를 하면 결례가 된다. 모든 인사말은 가볍게 할 때와 정중하게 할 때를 가려서 해야 할 것이다. 선생님을 포함한 손윗사람에게는 당연히 정중한 인사를 해야 한다. 이런 경우는 "안녕하십니까" "안녕하셨습니까"라고 해야 옳다. 이러한 사실을 아는지 모르는지 대부분의 대학생들이 누구에게나 "안녕하세요" 한다.

　실상 많은 대학생들이 인사를 너무 가볍게 한다는 생각이 든다. 아마도 "죄송해요" "감사해요" 하는 말투에서 비롯된 버릇일는지 모른다. 그렇다고 경직된 상태로 인사하라는 것은 아니다. 부드러움 속에

서 진지하고 정중하게 인사를 했으면 하는 바람이다. 그래야 상대방
도 그 인사를 진지하게 받아들이게 된다. 지성인이라면 지성인답게
올바른 인사 자세를 갖추도록 노력해야 할 것이다.

(동대신문, 2004. 5. 24)

만우절 단상

　　해마다 어김없이 만우절이 돌아오지만 그 의미는 점점 퇴색해지는 듯하다. 십여 년 전만 해도 이날에는 누군가의 거짓말에 곧잘 속아 넘어가곤 했다. 그래서 한때나마 멋쩍지만 싫지 않게 웃어보기도 하였다.

　　요즈음은 만우절이 정말 있기나 한 것인지 의심될 정도로 그냥 지나쳐 버린다. 앞으로 점점 더 그 색깔은 바래지고 어쩌면 완전히 사라질지도 모른다. 거짓말이 희귀할 때는 하루쯤 그것이 용납될 수 있었지만, 거짓말이 난무하는 세태에서 이런 날은 무의미한 것일까. 아니면 그날 하루만의 일탈조차도 허용할 수 없다는 고도의 실용주의가 팽배한 이유 때문일까.

　　거짓말은 금기사항이다. 그렇다고 반드시 타기할 것만도 아니다. 어떤 경우에는 진실하거나 옳은 말 이상 긍정적으로 작용할 수 있다. 사람 사는 곳이면 어디든 거짓말이 존재하는 이유가 여기 있을 듯하다. 유래야 어떻든 만우절은 인간의 삶에 유익함을 더하기 위해 시작되었을 것이다. 이것을 잘못 이해할 때 누군가를 곤경에 처하게 하는 날로 변질되기 쉽다. 그 한 예가 경찰서나 소방서에 평소보다 많이 접수되는 허위 신고일 것이다. 이런 행위가 그 본질을 심히 왜곡하는 것은 두말할 나위도 없다.

우리는 생활의 각박함 속에서 여유와 미소를 잃어가고 있다. 농담이나 우스갯소리 한번 제대로 할 수 있는 여건도 점점 사라져간다. 실상 아무리 그럴 듯하고 흥미 있는 거짓말이라 해도 언제 어디서나 누구에게나 할 수 있는 것은 아니다. 이런 와중에 일 년 가운데 단 하루만이라도 함께 즐거워할, 재치와 유머가 넘치는 유익한 거짓말을 주고받는 것은 어떨까. 그러면 단조롭고 무미건조한 일상에 활력을 불어넣어 주지 않을까.

할아버지와 손자, 시어머니와 며느리, 스승과 제자, 상사와 부하, 고용주와 고용인 사이에서 밝고 건전하고 해롭지 않은 거짓말로, 이 날 하루만은 재미있게 즐겼으면 좋겠다. 엄숙하고 위엄이 몸에 배거나 그러한 위치에 있는 사람은 가볍고 경쾌한 모습으로 바꿔보자. 모두가 웃으며 기쁘게 받아들일 수 있는 작은 축제의 장으로 만우절이 거듭났으면 하는 바람이다.

(동대신문, 2002. 4. 1)

대학생과 아르바이트

    여름방학을 마치고 인사차 들른 학생이 그동안 아르바이트를 하며 보람있게 지냈던 일을 자랑삼아 들려준 적이 있다. 그의 가정 형편이 비교적 부유함을 알기에 굳이 아르바이트를 해야만 했던 이유를 물어 보았다.

    재학 중에 사회에 대한 예비지식을 쌓고, 등록금의 일부를 마련하여 부모님의 부담도 덜어 드리고자 함이었단다. 더 나아가 장차 자립할 수 있는 기틀 마련의 계기로 삼으려 했다는 것이다. 이 얼마나 대견스럽고 건전한 사고방식인가. 바캉스를 구실 삼아 산과 바다를 누비며 소주병을 흔들고 고성방가 하는 무리와 비교해 보면 그는 더욱 돋보임에 틀림없다.

    하지만 그가 아르바이트 본래의 취지를 잘못 이해한 것 같아 다소 아쉬움이 남는다. 다시 말해 그의 판단은 자칫 대학생 본연의 목표를 망각한 느낌을 준다. 집안 형편상 등록금 마련이 곤란한 학생의 최후

수단이 바로 아르바이트가 아닐까 생각되기 때문이다.

사회 적응력을 기르고 부모님께 효도하는 일도 중요하지만 학생은 우선 학문 탐구와 인격 도야에 힘써야 되지 않을까. 아마 부모님도 자녀들이 재학 중 면학에 더욱 힘써줄 것을 원하지 않을까. 대학생이 공부에 열심히 정진하면서 여가 시간에 아르바이트를 한다면 누구도 반대할 이유는 없을 것이다. 하지만 학문에 집중하다 보면 시간 내기가 결코 쉬운 일이 아니다.

근근이나마 집안에서 등록금을 마련할 수 있는 정도라면 되도록 아르바이트를 하지 않았으면 하는 생각이다. 그래야만 정말로 아르바이트를 필요로 하는 학생이 등록금을 준비하여 학업을 계속할 수 있을 것이다. 대학 재학 중의 기간이란 면학에만 매진하기에도 아주 짧은 시간이다. 남이 장에 가니까 나도 간다는 식은 바람직하지 못하다. 대학생에 한해 과외 수업이 허용되리라는 소문이 파다하다. 만약 그렇게 될 때 많은 학생들이 아르바이트라는 명목으로 본연의 자세를 망각할까 염려스럽다.

(동대신문, 1988. 10. 26)

죽음이 주는 교훈

올해도 예외 없이 주위의 사람들이 하나둘 세상을 떠난다. 정도의 차이는 있지만 모두들 관계를 맺고 있던 이들이다. 인연의 끈이 하나하나 끊어져 나가는 것 같아 안타깝기 짝이 없다. 솔직히, 세계를 주름잡거나 떠들썩하게 하던 유명한 인물들의 죽음보다도 소박하나마 연관을 맺고 지내던 분들의 그것이 훨씬 충격이 크다.

쇼펜하우어를 들먹일 필요도 없이 인간은 누구나 죽음을 맞이해야만 한다. 이 평범하면서도 절대적인 진리를 모르는 사람은 아무도 없을 것이다. 그러면서도 세상 잡사에 시달리며 쫓기다 보면 까맣게 잊어버리는 것 또한 사실이다. 어느 날 갑자기 지인의 부음을 들었을 때 비로소 주변 어디에나 죽음이 미만해 있음을 알고 아연해진다. 언제부터인가 죽음의 소식을 들을 때마다 자신을 돌아보게 된다. 숙연함이 엄습하여 옷깃이 여며지고 현재의 삶에 대해 곰곰이 반성해 보곤 한다. 남에게 섭섭한 행동은 하지 않았는가. 원성을 살 만한 일이나 피해를 입힌 일은 없었는가. 예의와 법도에 어긋난 일은 없었는가. 분수를 넘어서 탐욕을 추구하고 허세를 부리지나 않았는가.

그렇다고 죽음은 피할 수 없는 것, 죽으면 만사는 끝나는 것, 그러니 인생은 허무하고 따라서 될 대로 되라는 식의 삶을 권하려는 것은 아니다.

다만 언젠가는 자신에게 도래할 죽음을 가끔 생각해보자는 것뿐이다. 만사가 죽음 앞에서는 한갓 물거품에 지나지 않음을 인식하게 되고, 간사한 마음의 책동을 가라앉힐 수 있으며, 좀 더 따뜻하게 이웃을 대할 수 있기 때문이다. 이때 인간은 한 단계 성숙해지는 것이 아닐까.

그 어느 때보다 혼란스러운 4월이다. 엘리엇의 말대로 잔인한 달이기 때문일까. 죽음을 망각한 어리석은 무리들이 하늘 높은 줄 모르고 방약무인으로 발호한 까닭이라고 생각해 본다.

(동대신문, 1985. 5. 14)

제3부

밤의 서정

　　낮과 밤의 교차를 자연의 이치요, 신의 섭리라고 가볍게 생각하면 그만이다. 그러나 좀 더 주의해 살펴보면 어김없이 찾아오는 밤은 신비하기 짝이 없다. 환하던 세상이 땅거미가 지면서 차차 어둠으로, 그리고 마침내 지금까지와는 판이한 또 다른 세계로 변모되는 것이다. 똑같은 공간에 이처럼 엄청난 변화를 초래할 수 있다니! 그러고 보니 삶과 밀착되어 있어서 망각하고 지내는 공기처럼, 우리는 이 밤의 신비스러움을 망각한 채 살아가고 있는 것이나 아닌지?

　　실상 따지고 보면 낮과 밤의 원리는 꼭 같을 수밖에 없고, 어느 쪽이 더 신비스럽다고 굳이 말할 수는 없을는지 모른다. 그런데도 밤이 낮에 비해 훨씬 낭만적·정감적·문학적 느낌을 자아냄은 웬일인지. 낮에 빚어지는 무질서와 혼란, 소란스러움과 복잡함으로 뒤엉킨 아비규환과 비교해 보면, 이 느낌은 금방 이해될 것이다. '밤' 자(字)가 붙은 낱말들이 로맨틱하게 느껴지는 것도 이 때문일 것이다. 밤비·밤

눈(夜雪) · 밤바람 · 밤길 · 밤기운 · 밤열차 · 밤하늘 · 밤이슬 · 밤경치……

같은 길이라도 '밤길' 하면 풀내음 그윽한 시골의 오솔길이 떠오르고, '밤바람' 하면 근심과 걱정을 한꺼번에 쓸어버릴 것 같은 시원함이 연상된다. '밤열차' 하면 사랑하는 연인들이 아쉬움을 남긴 채 이별하는 장면이 떠오르고, '밤눈(夜雪)' 하면 성탄절을 기다리며 가슴 설레는 천진난만한 어린 아이의 모습이 떠오른다.

같은 대화임에도 밤에 나누는 그것은 훨씬 정겹고 아기자기하며 사랑이 담뿍 배어 있는 것 같은 느낌이 드는 것은 어디서 연유하는 것일까? 아마도 낮에는 공적(公的)이고 사무적이며 이해타산과 관련된 언쟁이 압도적이지만, 밤에는 할머니의 옛이야기나 연인들의 속삭임, 집안 식구들의 정담이 대부분이기 때문이 아닐는지. 이런 연상은 아무래도 밤이 간직하는 독특한 정취 덕분일 것이다.

이뿐만이 아니다. 낮 동안 시달린 흐느적거리는 육신을 편안하게 감싸주고 푸근한 휴식을 준다. 낮 동안 흩어졌던 가족들을 한자리에 모아 단란한 행복을 맛보게도 한다. 만일 낮만이 계속된다면 어떻게 될까. 이는 우리에게서 편안한 휴식과 단란한 행복과 달콤한 사랑을 빼앗아 가는 것이나 다름없다. 생각하기조차 끔찍한 일이 아닐 수 없다.

나는 밤을 좋아한다. 그 적막과 침묵을 사랑한다. 나는 밤의 그 고요와 어둠 속에서 자주 사색에 몰두하곤 한다. 달콤하고도 가슴 뭉클했던 추억을 마냥 되새겨보거나 끝없이 상상의 나래를 펼쳐보기도 한다. 이것은 내 성격과도 무관하지 않을지 모른다. 낮이 외향적·활동적·개방적이라면 밤은 내향적·침잠적·묵시적이요, 나의 성격은 아무래도 후자 쪽에 가깝기 때문이다.

밤 하면 또 빼놓을 수 없는 것이 도시의 야경(夜景)이다. 낮의 시가지 모습과 비교해 보라. 도시를 굽어볼 수 있는 구릉이나 작은 언덕이라면 더욱 매력적일 것이다. 시원한 바람이 쏴 불어오고 나뭇가지가 잔잔히 흔들리는 곳이라면 자신의 존재마저 잊어버리곤 한다. 잡념과 공상·번민과 고뇌까지도 일순간 사라져 버림을 느낀다.

무미건조한 석조 빌딩들, 그 위에 뽀얗게 피어오른 먼지와 매연, 그 속에서 각축을 벌이는 수많은 인파와 차량들의 질주. 이런 모습들을 덮어주어 여간 다행스럽지 않다. 그뿐인가. 온갖 네온사인이 까만 바탕 위에 휘황찬란하여 아름다움의 극치를 보여주고 있지 않은가. 더구나 낮의 시끄럽고 짜증나게 하던 거리의 소음이 잔잔한 음악으로 변한 듯 아련하게 들려오지 않는가. 이 모두가 밤이 영원히 누려야 할 명예가 아니겠는가.

그런데 이 낭만적이고 정감어린 밤을 외면하는 사람들이 없지 않아 안타깝다. 이들은 낮의 밝음에 비해 밤의 어둠만을 강조하려 든다. 어둠의 유혹에 부나비처럼 몸을 망치는 사람을 들먹인다. 흉악한 범죄가 대낮보다는 한밤중에 많이 발생한다며, 밤이 공포와 전율의 시간일 수밖에 없다고 강변한다.

실제로 아늑함과 포근함 속에 묻혀 있으면서도 밤의 정서를 훼손하는 사람이 없지 않다. 그래도 나는 간담을 서늘하게 하는 범죄가 밤에 발생한다는 것이 믿어지지 않는다. 어떻게 이 신비롭고 서정적인 분위기 속에서 범죄심리가 발동할 수 있단 말인가. 낮에 비해 밤에 더 많은 범죄가 발생한다고 누가 주장한다면 이렇게 반박하고 싶다. 그것은 낮에 유발되어 실행되다가 때때로 늦어져 밤까지 연장된 결과라고. 우리의 심신을 편안하게 하고 사색할 기회를 주는 밤에 범죄는 발생할 수 없다고. 밤의 명예를 훼손시키는 어떠한 주장도 결단코 물리칠 생각이다.

(수필문학, 1991. 11)

어느 날의 자위

그렇게 벼르던 아침 산책을 오늘에야 비로소 실행에 옮겼
다. 내일부터, 내일부터 하던 미룸 때문에 벌써 몇 년이 지났는지 모
른다. 집 가까이에 있는 산에 오른다. 산이라고 하기에는 좀 그렇고
큰 숲이라고 해야 적당한 곳이다. 서울의 번지를 달고 이런 곳이 있
을까 싶게 제법 산골의 맛도 풍기고 있다. 뛰어오르는 집값을 감당
못해 멀찌감치 변두리로 나앉은 탓에 다행스럽게도 숲 가까이에 오
게 된 것이다. 돈 없는 사람이라고 늘 손해만 보라는 법이 있나. 이
처럼 '자연의 은총'을 받을 수도 있지. 서울 변두리에 사는 자격지심
을 이 숲으로 합리화시킨다.

숲 속으로 들어갈수록 싱그럽다. 나무 밑에서 낙엽 썩는 냄새가 물
씬 풍긴다. 자세히 맡아보면 낙엽 썩는 냄새만도 아닌 듯하다. 각종
나무와 풀의 내음도 섞인 듯하다. 이따금 산새들이 지저귀는 소리도
들린다. 왜 이런 곳을 진작 찾아오지 않았을까. 나는 자신의 게으름을

탓해본다.

얼마쯤 오르다 보니 하얗게 머리 센 할아버지가 큰 나무에 콩콩 등을 부딪치고 있다. 건강미가 넘쳐흐른다. 좀 더 올라가니 50대 후반부터 60대 초반으로 보이는 부인네들이 누군가의 구령에 맞춰 맨손체조를 하고 있다. 그녀들도 한결같이 건강해 보인다. 이곳저곳에서 간간히 '야호! 야호!' 소리도 들려온다. 고요한 숲 속이 여명과 함께 사람들의 침입으로 술렁거리기 시작한다. 멀리 언덕 아래 테니스장에도 오락가락하는 사람들이 보인다. 저마다 생을 즐기고 있다. 활력이 넘쳐난다. 멋과 여유가 있어 보인다.

며칠 전 한 친구를 만났더니 골프를 시작했단다. 비용이 좀 들긴 하지만 건강을 위해서는 더없이 좋단다. 또한 사람들을 사귈 수 있어 금상첨화라 한다. 직장 동료 박 선생은 등산을 시작한 지 20여 년 가까이 되었단다. 몸이 그렇게 가뿐하고 상쾌할 수가 없노란다. 그러고 보니 누구누구 할 것 없이 한두 가지의 취미나 특기를 가지고 여유를 즐기고 있다. 하기야 대개 불혹을 넘긴 지 여러 해 되었으니 인생에서 여유를 즐길 만한 시기라는 생각도 든다.

불행히 나는 취미나 특기를 갖지 못했다. 무엇 하나 제대로 하는 것이 없다. 지속적으로 해오는 것도 없다. 아내가 '진짜 멋없는 사람'이라고 할 때 아무 말도 못한다. 어쩌다 이 지경이 되었을까. 못내 후회스럽기만 하다. 생각해보니 취미나 특기만의 일도 아니다. 지금까지 무엇 하나 이루어 놓은 것이 없다. 학문의 길에 들어섰다고는 하나 논문 한 편 번듯한 것이 없다. 권력이나 명예는 고사하고 돈도 없다. 철저히 빈털터리이다. 인생의 열등생이라는 생각이 없지 않다.

천천히 올라오는 중년 남자와 엇갈려 가게 된다. 그는 안색이 창백하고 기침을 계속 한다. 오던 길을 뒤돌아보니 나무를 잡은 채 고개를 떨구고 한참씩 쉬곤 한다. 뒤 이어 젊은 여인이 느릿느릿 올라온다. 얼굴색이 노리끼리하고 가쁜 숨을 몰아쉰다. 그들이 안돼 보인다. 뭐니뭐니해도 건강이 제일이라는 말이 생각난다.

이 숲은 건강한 사람뿐만 아니라 환자들도 찾아오는 것 같다. 환자를 보니 얼마 전 교통사고를 당한 동생이 생각난다. 40줄에 접어들었는데 자가용을 몰고 가다 뒤에서 들이받은 차에 머리를 다친 것이다. 두 달간의 치료 끝에 이상 없다는 진단을 받았으나 어질어질하고 통증이 있다고 호소하는 형편이다.

알고 지내던 문학평론가 한 분이 갑자기 세상을 떠났다. 50을 갓 넘긴 분이었는데 박사 학위를 받고 1년을 넘기지 못했다. 논문을 쓰느라 무리가 온 때문이라고 했다. 이유야 어떻든 불행한 일이다. 이들에 비하면 나는 얼마나 다행스러우냐. 건강도 그런 대로 괜찮은 편이 아닌가.

그러자 무언가를 해봐야겠다는 충동이 생긴다. 나라고 못하라는 법이 있는가. 만사가 마음 먹기에 달린 것이 아니겠는가. 가능한 것부터 차례로 해나가리라. 당장 내일부터 실행에 옮기리라. 테니스도 치고 등산과 여행도 해보리라. 주먹을 불끈 쥐고 다짐해본다. 발걸음이 빨라진다.

그러나 흥분이 가라앉고 차분해지면서 결심을 수정하기로 한다. 하고 싶은 일은 많지만 그것을 다 할 수는 없다는 생각에 미친다. 사람의 능력에는 한계가 있지 않은가. 인간의 욕심은 끝이 없지만 절제할 수도 있어야 하지 않겠는가. 현실에 충실하기로 한다. 되도록 욕심부리지 않기로 한다. 마음이 한결 가벼워진다. 앞으로 자주 이곳을 오르면서 건전한 사색에 잠겨보자고 다짐한다.

(수필문학, 1992. 3)

팔월의 산사

　『맹자』의 양혜왕장에 나오는 이야기이다. 어느 날 왕이 소를 끌고 가는 사람을 발견하고 소의 용도를 묻는다. 맹자가 소를 죽여서 새로 만든 종에 피를 바르는 의식에 사용할 것이라고 대답한다. 왕은 소가 너무 불쌍하다고 말한다. "그러면 의식을 그만둘까요?" 하고 맹자가 묻는다. 그럴 수는 없으니 소 대신 양으로 하라고 왕은 지시한다.

　이 이야기에서 같은 동물의 희생을 놓고 소는 불쌍하고 양은 불쌍하지 않다는 식의 비상식적이고 비논리적인 왕의 판단을 발견하게 된다. 그러나 맹자는 왕을 비난하지 않는다. 당장 눈앞에 보이는 소는 불쌍히 여기고, 눈앞에 보이지 않는 양은 불쌍히 여기지 않는 것이 인지상정이요, 왕의 그런 심성이 곧 왕도정치의 가능성을 보인 것이라고 본다. 맹자의 포용력에 의해 왕의 비합리적인 사고가 받아들여지긴 했지만, 왕의 처사는 인간의 어리석음을 그대로 확인시켜 주는 결과이다. 이 어리석음이 어찌 옛날의 어떤 특정인에게만 한정된 것일까.

요즈음도 애완동물의 고기를 먹어서는 안 되지만, 소나 돼지의 고기는 먹어도 된다는 이가 있다. 애완동물은 불쌍하지만 소나 돼지는 그렇지 않다는 논리이다. 소 대신 양을 사용하라던 양혜왕의 논리와 하등 다를 게 없다. 살아 있는 목숨이 끊어지는 일이면 애완동물이나 다른 동물이나 마찬가지이다.

불교에서는 살생·투도·사음·망어·음주를 오계라 하여 신남신녀들이 지킬 다섯 가지 금계로 정하고 있다. 그중 살생이 맨 처음 나오는 것이 의미심장하다. 신라시대 원광이 지었다는 화랑의 다섯 가지 계율, 즉 세속오계에도 살생을 삼가라는 항목이 있다. 그만큼 오래전부터 살생은 금기시되고, 이것은 곧 생명을 귀하게 여겼다는 말도 된다. 어찌 불교의 신남신녀나 화랑에게만 해당되겠는가. 동서고금을 막론하고 누구나 지켜야 할 덕목이 아니겠는가. 그럼에도 불구하고 이 지구상에 여전히 살생이 자행되고 있는 이유는 무엇일까. 만물의 영장부터 미물에 이르기까지, 자신의 의도와는 상관없이 죽음을 당하는 까닭은 무엇일까. 아마도 소 대신 양을 희생시키라는 양혜왕의 논리에 그 이유의 일단이 있지 않을까.

이 문제를 천편일률적으로 판단하기에는 무리가 있다. 때에 따라서는 불가피하게 혹은 본의 아니게 살생을 하는 경우도 있다. 지금까지 지속되어온 육식 습관이 한순간에 바뀔 리도 없다. 확실한 것은 생명체라면 원하지 않는 죽음을 당할 때 고통과 괴로움을 겪는다는 사실이다. 자신이 그러한 죽음을 당한다고 처지를 바꾸어 생각해보면 쉽게 인식할 수 있다. 이러한 인식이 생명에 대한 외경심을 불러일으키고 지금까지 저질러왔던 살생을 반성하는 계기가 될 수도 있다. 그래야만 사소한 생명도 귀중하다는 것을 깨닫게 될 것이다.

×　　　　×　　　　×

팔월 하면 우선 강렬한 태양으로 인한 무더위, 아니면 긴 장마로 야기된 눅눅한 습기가 연상된다. 생각만 해도 온몸에서 힘이 빠지고 공연히 짜증이 난다. 잠시나마 권태와 짜증으로부터 해방되고 싶어진다. 자연스럽게 산사로 달려가고픈 충동이 인다. 우거진 숲 속, 시원한 계곡물, 요란한 매미 울음소리. 사계절 내내 아늑하고 그윽한 분위기인 산사지만 그중에도 한여름이 제격일 듯하다. 선인들은 요산요수를 말하지 않았던가. 현자나 지자가 찾아가야 할 곳으로 산사를 암시한 것이 아닐까. 산사는 산수를 함께 포함하고 있는 셈이니까.

양혜왕이 소 대신 양을 희생하라고 했을 때 맹자는 왕의 비합리적 사고를 지적해 준다. 왕은 자신의 생각이 깊지 못했음을 깨닫는다. 현명한 맹자가 우직한 양혜왕을 계도하듯 인간사에서 우리를 이끌어줄 스승이 필요하다. 그 인도를 받아들일 우리의 마음 자세 역시 긴요하다. 이러한 마음가짐에서 비로소 자기 수양과 자기 계발이 이루어질 수 있기 때문이다.

산사는 우리의 영원한 스승, 부처님을 만날 수 있는 곳이다. 부처님의 가르침을 통해 자비심을 일깨우고 생명의 존엄성을 인식하자. 미물의 목숨도 인간의 생명처럼 귀하다는 사실을 깨닫고 할 수 있는 한 살생을 금하려는 자세를 가다듬자. 팔월의 산사! 그렇다. 팔월의 산사가 더욱 친근하게 다가오는 것은 반드시 깊은 계곡과 우거진 숲, 맑은 물과 시원한 바람 때문만은 아닐 것이다.

(정각도량, 1994. 8)

시 못 쓰는 이유

따뜻한 봄날이다. 바람이 이따금 다소 세차게 불기는 하지만 그래도 겨울바람과는 차이가 난다. 싸늘하던 기운은 사라지고 따스함만이 남아 있다. 오늘 모처럼의 나들이가 있다. 문인들이 모여 봄나들이 겸 돌아가신 스승의 묘소를 참배하는 날이다. 해마다 거르지 않은 모임이기에 대개 눈에 익은 얼굴들이 모인다. 세월이 너무 빠르다고 야단들이지만 실상 그들의 모습은 거의 변함이 없다.

정해진 시간에 스무 명 남짓한 인원이 전철역 가까이로 모습을 드러낸다. 거기 기다리고 있던 대절 버스에 올라 한 30분쯤 달린다. 버스에서 내려 야트막한 산의 아늑한 곳으로 20분쯤 걸어 올라간다. 그곳에 덩그렇게 자리 잡고 있는 스승의 묘소에 다과와 술잔을 올린다. 그리고는 그 주변에 둘러앉아 이런저런 이야기들을 나눈다. 이때 집행부에서 준비해온 음식을 나누어 먹는다. 어지간히 시간이 지났다 싶으면 자리를 털고 일어나 대기하고 있는 버스에 오른다. 미리 예약

해 놓은 음식점으로 가서 점심식사를 한다. 식사 후 아까 떠나온 전철역 인근에 도착하면 다음을 약속하고 뿔뿔이 흩어진다. 그냥 헤어지기가 섭섭하면 끼리끼리 다시 한잔할 곳을 찾아간다. 이것이 해마다 반복되는 이 모임의 모습이다.

오늘도 예외는 아니다. 시간이 되자 한 사람 두 사람 모이기 시작한다. 먼저 온 사람들은 서로들 악수를 한다. 그냥 서 있으면 무슨 탈이나 나는지 몇 명씩 나뉘어 실없는 농담들을 주고받으며, 버스가 출발할 때를 기다린다. 그중 한 무리에서 들려오는 말소리가 있다.

"김 교장. 정년이 얼마 남으셨소?"

"올해면 끝이요. 일 년이 채 안 남은 셈이죠."

"그래, 정년 후의 계획이라도 세워 놓으셨소?"

"뭐, 별 게 있겠어요. 되는 대로 사는 거지."

"근데, 왜 그 하얗게 센 머리는 그냥 두는 거요. 물 좀 들이지."

"아, 그거. 안 되지. 안 돼요."

"안 되다니 무슨 이유라도 있소?"

"내가 머리에 물들이고 저승에 가면, 먼저 가 있던 우리 집사람이 못 알아볼 것 아니요."

김 교장과 연배인 어느 시인이 주고받은 대화이다. 김 교장은 시인이면서 지방의 어느 중학교 교장이다. 중학교에서 오래 근무한 까닭일까. 머리는 새하얗고 얼굴은 주름투성이인데도 말이나 행동은 아주 천진스럽다. 하얀 백발과 천진스러움은 조화를 이루지 못하는 것 같다.

이들의 대화는 여기서 끝나고 만다. 누군가가 어서 버스에 오르라

고 소리 질렀기 때문이다. 전철 입구 쪽에서 몇 사람이 헐레벌떡 달려
오고 "이제 더 올 사람이 없나?" 하고 누가 묻자, "이제 출발하지. 올
사람은 다 온 듯하이." 하자 곧 출발한다. 예년 그대로 일정은 반복되
고 이제는 스승의 묘소 주위에 빙 둘러 앉아 음식을 먹으며 담소를 나
눌 차례다. 그때다. 서너 명의 시인이 먹는 대신 귀퉁이에 모여 앉아
남의 눈을 피해가며 눈물을 찍어내고 있는 것이다. 아까 교장과 어느
시인의 대화를 엿듣던 팀이다.

"무슨 일이에요? 무슨 일 있어요?"

의아함과 궁금증을 억제하며 낮은 소리로 그들 중 한 여류 시인에
게 물어본다.

"교장 선생님 말씀 때문에요. 생각해 보세요. 돌아가신 사모님을 얼
마나 끔찍이 생각하셨으면 염색을 안 하시겠어요. 가슴이 짠하네요.
하얀 머리를 보고 돌아가신 사모님께서, 나중에 머리를 검게 염색한
당신을 저승에서 만나시면 못 알아보실까 봐. 그래서 머리에 물을 안
들이신다니……"

내용은 아까 들었던 그대로다. 머리 염색을 했더라면 훨씬 젊고 멋
져 보일 분인데, 그렇게 하지 않았다는 것이다. 아내와 저승에서의
자연스러운 만남을 위하여 자신을 희생하고 있다는 것이다. 이 말을
들은 시인들은 가슴이 찐하도록 감동한다. 요즘 세상에 이런 순애가
어디 있는가. 이 감동은 교장 부부의 사별을 애틋하게 상기시키고,
그것은 다시 슬픈 감정으로 번지고, 마침내는 눈물샘마저 자극했던
것이다.

부인이 먼저 현세를 떠나 저승에 계신다. 세상을 떠날 때 남편은 머리가 하얀 상태이다. 얼마 후 남편도 저승에 가서 아내를 만나게 된다. 남편은 염색하여 머리가 검게 되어 있다. 아내는 남편의 머리가 검을 것이라고 미처 생각하지 못한다. 따라서 남편을 알아보지 못한다. 이러한 상황을 두려워한 교장은 염색을 하고 싶지만 엄두를 내지 못한다. 이런 말을 듣고 아내를 배려하는 교장의 그 애잔한 마음에 감격한 시인들이 눈물을 흘린 것이다.

처음에 그 말을 들었을 때는 교장이 그냥 좌중을 한번 웃기려고 한 농담으로 생각했다. 저승에서 만난다는 것도 좀 그렇고, 설령 저승에서 만난다 치더라도 부부가 서로 못 알아본다는 것이 이해가 되지 않았기 때문이다. 그렇지 않은가. 한 식구로 오랫동안 함께 살다가 헤어졌는데 머리 색깔이 바뀌었다고 못 알아본대서야 말이 되는가. 적어도 내 생각은 이러하였다.

그렇다면 한 가지 사실을 놓고 한쪽은 감동을 받아 눈물을 흘리며 진지하게 받아들이고, 다른 한쪽은 가볍게 생각하여 농담으로 받아들인 것은 어떻게 해석해야 옳단 말인가. 교장의 말을 듣고 눈물을 흘린 사람들은 모두 시인이다. 시인은 냉정한 판단력보다는 감성이 앞선다. 때문에 교장의 말을 감성적으로 받아들인 것이다. 나는 학문을 연구하는 사람이다. 학문은 감성보다는 이성적 판단에 기대야 한다. 따라서 매사를 과학적이고 논리적이고 합리적으로만 따지려 든다. 교장의 말에 대해 양쪽 반응이 서로 다른 이유가 여기에 있다.

여기서 누구의 판단이 옳고 그르고를 따지고 싶지는 않다. 다만, 확실한 것은 내가 시를 못 쓰는 원인이 밝혀진 셈이다. 그동안 여러 차례 시를 써보려고 시도하였다. 그러나 번번이 실패했다. 그때마다 막연히 재주가 없는 모양이라고만 치부하고 말았다. 누가 지나친 논리의 비약이라고 할지 몰라도, 앞의 교장의 이야기에 감동을 받고 눈물을 흘릴 정도가 되어야, 시를 쓸 수 있는 게 아닌가. 나를 제외하고 시인들은 약속이나 한 듯 교장의 말에 감동했으니 말이다.

(천안문학, 2009. 7)

구용 선생님

     구용 선생님과 사제의 인연을 맺은 지도 어언 20년이 넘는다. 그 사이 마음의 여유 없이 동분서주하다 보니 사적으로 가까이 모실 기회가 거의 없었던 듯싶다. 그러니 선생님에 대한 공개할 만한 일화는 있을 리 없다. 극히 단편적이고 소박한 인상기를 적는 것으로 그칠 수밖에 없다.

  기왕 말이 났으니 말이지만, 인물 인상기라는 것이 대체로 어떤 사람을 과찬한 나머지 그를 인간 이상으로 미화하는 경우가 비일비재하다. 인간이 신이 아닌 이상 그 누구도 장점과 단점을 공유하고 있을 것이다. 그런데도 어떤 사람의 단점은 접어 두고 장점만을 침소봉대하는 인상기는 읽기도 그렇고, 그래서 쓰기도 뭣하다. 때문에 되도록 이런 글쓰기를 피해 온 처지다. 그리고 보니 구용 선생님에 대한 이 글이 내가 쓴 최초의 인상기가 되는 셈이다.

  선생님을 생각할 때 먼저 떠오르는 것이 악수하는 방법을 모르신다는 점이다. 자유로이 무기를 휴대해도 되었던 서구에서, 상대방에게 나는 무기를 소지하지 않았으니 안심하라는 뜻으로 악수가 시작되었던 모양이다. 기원이야 어떻든 악수가 인사법 중 하나로 큰 비중을 차지하고 있음은 사실이다. 군대 예절 시간에 배운 바로는 손윗사람이 먼저 손을 내밀 것, 두 사람 모두 한 손을 사용할 것, 손을 마주 잡았을 때 적당히 힘을 가할 것, 손을 상하로 가볍게 흔드는 것은 윗사람이 할 것 등으로 되어 있다.

선생님은 이런 절차를 아예 무시하여 버리신다. 들입다 두 손을 내밀어 상대방의 손을 덥석 잡고 마구 흔드신다. 잡은 손엔 웬 힘을 그렇게 가하시는지. 손아귀 힘을 자랑하시는 것인지. 어디에선가 읽은 기억이 있다. 악수할 때 손에 힘을 가하지 않으면 그 상대방은 무덤에 들기 전까지 그 사람을 저주한다고. 이런 말을 염두에 두신 이유 때문일까. 손이 뻐근할 정도로 힘을 주신다. 어쩌다 회식 때 선생님 곁에 앉게 되고 더구나 약주를 몇 잔 드시게 되면 내 손은 그야말로 수난의 연속이다. 억센 손아귀에서 헤어날 수 없기 때문이다. 법칙에 어긋난 악수가 왜 그렇게 다정스럽게 느껴지는지. 선생님의 상대방에 대한 애정의 농도는 잡은 손아귀 힘에 비례할 것이라고 나름대로 생각해본다.

선생님의 '하오'체와 '해라'체를 결합한 화법은 손아랫사람의 입장에서 판단하건대 친근감을 느끼면서도 인격적 대접을 받는다고 생각하게 한다. 이런 화법이 문법적으로 타당한지의 여부는 잘 모른다.

"그래, 요즘 재미가 어떠셔? 건강은 좋으시고?"

아랫사람에게 하는 말이 윗사람에게 하는 말보다 더 조심스러운 게 사실이다. 윗사람에게는 무조건 높임말을 쓰면 별 문제가 없다. 그러나 아랫사람에게는 높임말이나 낮춤말을 적절히 쓰지 않으면 어색할 때가 많다. 제자에게 높임말을 쓰면 사제지간에 거리감을 느끼게 되고, 그렇다고 마냥 낮춤말을 쓰기도 켕긴다.

선생님에 대한 기억은 현대시론을 강의하실 때의 모습이 인상적이다. 시 작품을 해설하면서 주로 인상비평을 하셨는데, 그것을 위해 동원되는 용어들이 유머와 위트로 충만해 강의실에서 웃음소리가 떠나지 않았던 것 같다. 강의실이 수강생들로 늘 만원이었음은 물론이다. 시에 접근하는 좀 더 다양한 방법이 아쉽지 않은 것이 아니지만, 재미있는 강의는 지금도 생생히 기억에 남아 있다.

군대를 제대하고 몇 달이 지난 어느 날로 기억된다. 취직을 하지 못하고 우울하게 거리를 배회할 때 종로 2가쯤에서 일어난 일이다. 북적거리는 인파 속에서 누가 앞을 막으며 "이게 누구셔!" 하는 소리에 깜짝 놀라 바라보니 선생님이셨다. "이게 누구냐. 아무개 아니냐?" 하셔도 될 텐데. 미처 선생님을 발견하지 못하고 지나가는데 먼저 달려오신 것이다. "선생님, 제가 누군지 알아보시겠습니까?" 의외라서 뚱딴지 같은 질문을 던졌다. 전혀 알아보지 못하실 분이라고 생각하고 제대 후에 찾아뵙지 않았기 때문이다.

선생님께서 먼저 알아보시다니. 사소한 일에서도 큰 기쁨을 맛볼 수 있음을 일깨워주신 것이다. 그 후 가끔 뵐 때도 여전히 이러한 화법을 대하게 되었다. 이에 매력을 느껴 진작부터 흉내내게 되었고 지금까지도 사용하고 있다. 30대에 접어든 제자를 만났을 때 "아, 결혼 하셨구만. 축하해. 벌써 아이도 낳으시고?" 하며 자연스럽게 말을 건 넬 수 있게 되었음을 고백한다.

요즈음 들어 선생님께서 자주 당신의 늙으심을 강조하신다. 시력과 청력은 물론 근력까지 쇠진하셨다고 말씀하신다. 내 생각엔 이것이 혹 엄살(?)이 아닐까 생각해 본다. 얼마 전에 뵈었을 때 경험한 바로는 그 법칙에 어긋난 악수에서의 악력은 여전하시기 때문이다. 벌써 정년이 되셨다니 언뜻 실감이 나지 않는다. 선생님의 만수무강을 빈다.

(김구용 교수 회갑기념문집, 1982)

왕 언니

올해 3월의 일이다. 새 학기가 시작되어 어수선할 때다. 학과 사무실과 겸하여 쓰고 있는 연구실에 할머니 한 분이 찾아오셨다. 아담한 키에 머리가 하얗게 세신 분이다. 무슨 일로 오셨느냐고 여쭈었더니 머뭇거리신다. 우리 학부에 다니고 있는 손주에게 문제가 생긴 걸까? 의아해하는 눈치를 채고, 가까이 있던 조교가 달려와 대신 설명해준다. '이 분께서 올해 우리 인문학부에 입학하셨다. 지금 수강 신청을 하러 오셨다. 이참에 교수님께 인사를 드리려는 것이다.' 라는 내용이다.

요즈음에는 대학 입학제도가 많이 달라졌다. 그 내용을 다 알지 못할 지경이다. 한마디로 정신이 없다. 1년 내내 신입생을 뽑는 것도 그렇다. 그 제도 중 하나에 만학도 특별 전형이라는 게 있다. 자격만 갖추면 나이가 많아도 얼마든지 입학한다는 것이다. 아니 오히려 나이가 많을수록 유리하단다. 그 때문에 캠퍼스에서 늙은 학생을 만나게 되는 것이 자연스럽게 되었다.

늙은 학생들이 입학하여 좋은 점도 없지 않다. 지난해 학기가 끝나 갈 무렵, 아주머니 학생 셋이서 함께 찾아왔다. 한 학기 동안 수고 많으셨다며 식사 대접을 하겠단다. 젊은 학생들에게서는 전혀 생각도 못할 일이다. 젊은 학생들에게는 거의 내가 밥을 산다. 그들도 식당에 가면 으레 교수가 사는 걸로 안다. 언제부터 그렇게 되었는지 잘 모르겠다.

아주머니 학생들은 모두 50세가 넘었다. 자식들을 대학 졸업시키고 나니 시간적 여유가 생겨 입학했단다. 그때는 그저 "그럴 수도 있겠구나. 50세가 넘은 아주머니도 대학에 들어갈 수 있겠구나." 했다. 이 번에는 할머니라니. 제일 궁금한 것이 연세다. 직접 여쭙지는 못하고 할머니가 연구실을 나간 뒤 조교에게 물었다.

"칠십구 세랍니다. 선생님, 아직 모르십니까? 저 할머니 우리 학교에 입학하신 것 뉴스거리였습니다. 지역 신문과 방송에도 나오고 했는데요."

다른 소리는 잘 들리지 않았다. 칠십구, 칠십구 하면서 구구단 외듯이 중얼거렸다. 칠십구 세라면 올해 내 어머니 연세다. 할머니는 학생이고, 아들뻘 되는 나는 선생이다.

그 후 할머니에 대해 더 들은 정보가 있다. 초등학교 교사로 정년퇴직을 하고, 일본어에 능통하며, 한자 능력이 2급이란다. 더 놀라운 사실은 칠십 세에 운전면허를 따서 중형차를 손수 몰고 학교에 다닌다는 것이다. 앞으로 한문학을 전공하고, 졸업하면 곧장 대학원에 진학

할 예정이란다. 어느 날 만난 아주머니 학생이 할머니의 근황에 관해 들려준다.

"강의실 맨 앞자리에 앉아 어찌나 열심히 공부하시는지 혀가 내둘릴 지경입니다. 수업 시간 중에 교수님들께 계속 질문을 하시고, 보고서도 꼬박꼬박 일착으로 내시며, 학과 행사에도 꼭 참여하십니다."

일학년 수업이 없는 나는 앞으로 할머니 수업을 맡게 되면 어떨까 생각해본다.

"그래요? 대단하시군요. 그런데 한 가지 궁금한 게 있어요. 젊은 학생들이 할머니를 어떻게 부르시나요?"

"저희도 그게 참 곤란했어요. 선배님이라고 하기도 그렇고, 언니라고 하기는 턱도 없고, 그렇다고 할머니라고 부르기도 쑥스럽고, 뭐라고 할지 무척 망설여졌어요. 한동안 호칭 없이 그럭저럭 넘어갔지요. 그러다가 어느 날 모임에서 자연스럽게 말씀드렸지요. 무어라 불러드리면 좋겠느냐구요."

"그랬겠네요. 정말 그렇겠어요. 그래 할머니는 무어라고 하시든가요?"

아주머니 학생이 다소 멈칫거리며 묘한 표정을 짓더니 살그머니 하는 말.

"왕 언니라고 불러달라 하셨어요."

"왕 언니, 왕 언니, 그런 말도 있어요? 할머니라는 말은 어떻다고 하십니까?"

"할머니라고 부르지는 말라고 하셨어요."

'아차. 크게 잘못했군.' 가만히 생각하니 내가 큰 실수를 한 것 같다. 처음 뵈었을 때 이렇게 말한 것이 떠오른다.

"할머니, 정말 대단하십니다. 젊은 학생들이 할머니의 끊임없는 도전정신에 많은 것을 배울 것입니다. 아무쪼록 건강하시고 많은 연찬 있으시길 빕니다."

할머니라고 부르지 말라는 분에게 할머니, 할머니 했으니 얼마나 속상해 하셨을까? 할머니란 호칭을 싫어한 것은 나이 많은 티를 안 내시려는 것뿐일 것이다. 왕 언니라는 호칭을 내 나름대로 해석해 보기로 한다. 왕 언니! 언니들 중의 왕, 여성들 중의 왕. 그분에게는 가장 걸맞은 호칭인 것 같다. 패기와 의지가 할머니를 왕 언니로 만든 것이다. 왕 언니 앞에는 끝없는 도전만이 있을 뿐이다. 도전하는 삶이 있는 한 할머니는 없고, 영원히 왕 언니만 존재할 것이라는 생각이 든다.

(재경천안고동창회보, 2005)

전화

　나는 하고 있는 일이 늘 벅차다는 생각이 든다. 시간이 모자라고 힘에 겨워 허덕인다. 생활에서 여유란 생각할 수도 없다. 할 일을 끝내고 언제나 푹 쉬어 보나 하고 생각할 때가 한두 번이 아니다. 여유가 없다 보니 자연히 행동반경이 좁다. 이렇게 말하면 오해도 생길 수 있다. 여유가 없음은 그만큼 하는 일이 많고 운신의 폭이 넓다는 것을 뜻하지 않느냐고. 그러나 그게 아니다. 자기 일 하나 제대로 챙기지 못하면서, 이리저리 동분서주한다는 것은 엄두도 못 낼 일이다. 다람쥐 쳇바퀴 돌리듯하는 생활에 비유할까. 때문에 마당발이라고 불리는 사람들을 마냥 부러워할 뿐이다.

　활동 영역이 좁다 보니 전화오는 횟수도 적을 수밖에 없다. 하루에 한 번은 고사하고 일주일에 몇 번 걸려오면 많은 편에 속한다. 핸드폰이 출시되었을 때 불쑥 그것을 내미는 집사람에게 무슨 필요가 있겠냐고 투덜거린 이유가 여기 있다. 내게 핸드폰이 없으면 집사람 자신이 더 불편하기 때문이라는 억지에 하는 수 없이 가지고 다니지만 별로 소용되지는 않는다. 생활 환경은 여전한데 걸려오는 전화 횟수가 차차 많아졌다. 문제는 걸려오는 전화가 별로 달갑지 않다는 데 있다. 카드사나 광고용 전화 아니면 대개가 무엇을 부탁하는 내용이다.

어느 날, 한참 낮잠을 자고 있는데 핸드폰이 울린다. 화들짝 놀라 받는다. 분명 나를 찾는 목소리다. 잠결에 정신을 못 차리고 있는데 그것이 오히려 잘되었다는 듯 목소리는 계속 울려댄다. 그 주인공은 종친회 간부란다. 귀하를 잘 안다. 대학교수가 별로 없는 가문을 빛내줘서 고맙다. 항렬을 따져 보니 귀하가 조카뻘이 된다. 현재 종친회 정기모임이 잘되고 있으니 꼭 참석해 달라. 한번 만나 식사라도 함께 하자. 이런 내용을 일사천리로 늘어놓는다. 살다 보면 이처럼 그럴 듯한 날도 있는 것이다. 이 얼마나 기다리던 소식이냐.

그의 말대로 종친회에 참석한다. 따지고 보면 다 알 만한 사람들이 아닌가. 그들과 일일이 인사를 나눈다. 모이는 숫자는 얼마나 될까. 10명, 20명, 아니면 50명, 60명. 그 이상일 수도 있다. 행동반경이 좁다는 것이 뭐 대수냐. 이렇게 종친회에서 친척들을 많이 만나면 되는 것 아니냐. 그들과 정기 모임을 갖고 야유회도 간다. 거기서 누군가가 해외 여행을 가자고 하면 함께 간다. 갑자기 활동 공간이 꽤나 넓어진 듯하다. 종친회 간부의 전화는 계속 이어진다. 이어 목소리가 착 가라앉으면서 하는 말. 자신은 모 국영기업체에 근무한다는 것. 그 기업체에서 문화사업의 일환으로 '한국 문화'에 대한 각종 자료를 비디오 테이프에 담았다는 것. 조카님께 그것이 꼭 필요할 것 같아 택배로 보내겠다는 것. 몽롱하던 잠결에서 정신이 번쩍 난다. 전화는 이미 끊긴 상태다. 그 내용을 곰곰이 따져본다. 비로소 외판원의 판매술에 놀아났다는 생각이 든다. 학교 도서관 멀티미디어실에 들러 '한국 문화'에 대한 자료에 대해 알아본다. 시리즈로 된 것인데 가격은 50만 원. 전화받은 이야기를 직장 동료에게 들려준다. 그 왈 "어, 나도 며칠 전 그와 똑같은 일을 당했는데."

한번은 대학 동창이라며 어느 여인이 전화를 한다. 자신의 이름을 말하면서 생각나느냐고 한다. 그런 이름은 모르겠다고 대답했다. 다른 동창생 이름을 몇 명 더 대면서 그들은 아느냐고 묻는다. 생각나는 이름들이라 안다고 했다. 그들은 다 기억하면서 왜 자기만 알지 못하는지 이상하다고 한다. 그러다가, 하긴 대학 졸업 후 35년이 흘렀으니 모를 만도 하다고 한다. 할 말이 없어 묵묵히 듣고 있노라니, 그건 그렇고 무슨 저널인가를 1년간만 구독해줬으면 좋겠다고 한다. 동창생 좋다는 게 뭐냐는 것이다.

35년이란 세월이 길다 해도 20명이 채 안 되는 동창생 이름을 기억하지 못한다는 게 말이 되나. 더구나 여학생은 겨우 다섯 명이 아니던가. 이 가짜 동창생아! 무슨 저널을 구독해달라구? 그것도 기껏 1년치야? 사기치고는 아주 유치하구나.

어디 이뿐이겠는가. 독거노인 돕기를 위한 협회라는 둥, 장애인을 돕기 위한 단체라는 둥, 불우이웃을 돌봐주는 무슨 기관이라는 둥. 또 있다. 학교의 선후배라며, 고향 사람이라며, 학교의 퇴직한 직원이라며. 이들은 시도 때도 없이 전화를 걸어온다. 어떻게 내 이름과 전화번호를 알아냈는지. 한편 생각하면 그들을 탓하기도 좀 뭣하다. 살아가려고 하다 보니 그런 것이 아닌가. 형편이 괜찮아 그들의 요구를 모두 들어줄 수 있다면 얼마나 좋을까. 요즈음 선뜻 전화받기가 겁나는 것이 솔직한 심정이다. 전화벨이 울리면 멈칫멈칫해진다. 이런 일이 내게만 해당하지는 않을 것이다. 많은 사람들이 당하면서도 그러려니 하며 참고 견딜 것이다.

(이천문화, 2005. 9)

녀석들

한 해가 기울어 가는 십이월 중순, 고향을 떠나 서울에 살고 있는 친구 몇이서 망년회를 위해 부부동반으로 모인 적이 있다. 모처럼의 망년회이기에 모두들 흥분을 감추지 못하는 듯했다. 여느 모임 때보다 별난 음식으로 저녁을 먹고 눈요기도 할 겸 극장식 식당으로 자리를 옮겼다. 때가 때인 만큼 그곳은 사람들로 넘쳐났다. 춤과 노래와 괴성이 난무했다. 전라에 가까운 아가씨들이 부끄러움이나 수줍음도 없이 몸을 비틀고 있다. 참 별난 세계도 있다. 시간이 흐를수록 분위기가 무르익어 가고 흥미진진해져 갔다.

그러나 내 마음은 편치 못하다. 초등학교 삼 학년인 딸과 이 학년인 아들 이렇게 둘만을 집에 남겨두고 왔기 때문이다. 아무리 생각해도 녀석들은 겁이 많고 나약하고 소심한 것 같다. 그 까닭에 집에 무슨 일이 생겼을 것만 같은 예감이 퍼뜩퍼뜩 드는 것이다.

물론 우리 내외는 이번 외출을 위하여 며칠 전부터 녀석들을 교육시키고 다짐도 받아둔 상태다. 너희들만 집에 있게 되었다는 것, 문은 꼭 잠그고 아무에게도 절대 열어주지 말 것, 아홉 시가 넘으면 잠잘 것 등등. 아울러 엄마·아빠는 열 시쯤 집에 돌아오겠으며 그 동안 수시로 전화를 걸겠노라는 말도 잊지 않았다. 녀석들은 의외로 밝은 표정으로 시키는 대로 할 터이니 잘 놀다 오씨라고 했다. 자신들도 컸으므로 겁날 게 없다는 것이었다.

우리는 모처럼 홀가분한 기분으로 집을 나섰다. 그럼에도 불구하고 점점 불안해졌다. 녀석들의 말을 믿지 못해서라기보다 성장 과정을 지켜봐왔기 때문이었다. 연년생인 녀석들이 낯을 가릴 때쯤해서는 아무도 우리 집에 올 수가 없을 정도였다. 외부인이 집에만 들어섰다 하면 죽어라 울어대는 것이었다. 아무리 달래도 막무가내였다. 우리가 할 수 있는 일이란 밖으로 데리고 나가거나 옆방으로 피신하는 정도였다. 그러니 손님은 차 한 잔 마셔보지 못한 채 황황히 나가버리는 것이 고작이었다.

한동안 부모의 애를 먹이던 녀석들의 낯가림은 점차 수그러들었지만, 부모와 함께 있지 않으면 무서워하는 증세를 보였다. 집 밖은 물론이고 집 안에서조차 누군가가 옆에 있어야만 안심하는 눈치다. 언젠가 놀이에 팔려 있는 녀석들 몰래 냉장고 뒤에 숨은 적이 있다. 우리의 부재를 뒤늦게 안 녀석들은 당황한 눈치로 온 집안을 찾아 헤메다가 마침내 왕왕 울어버렸다. 반드시 화장실 문을 열어 놓고서야 용변을 보고 각방에 서로 떨어져 잠자는 것을 한사코 거부했다. 우리 부부가 외출하려면 데리고 가거나 아니면 누구에게 부탁하는 수밖에 없다. 씩씩하고 박력 있고 대담하고 용기 있는 자식들을 간절히 바라온 내게 녀석들이 준 실망은 이루 말할 수 없다.

이제 초등학교 2~3학년 정도로 자랐고 오늘 걱정 말라고 몇 번이고 다짐받았지만 마음이 놓이지 않는 이유가 여기 있다. 내 조바심은 아랑곳하지 않고 현란한 조명과 요란한 음악이 무대를 가득 채우고 있다. 많은 사람들이 무대 바로 앞까지 몰려나와 흔들어 댔다. 하지만 여전히 집에 남겨놓은 녀석들에게 신경 쓰이기는 마찬가지였다. 아내에게 전화를 했느냐고 물어 보니 공중전화 사정이 여의치 않아 한 번도 못했다고 했다. 이제는 잠자고 있을 테니 전화는 더욱 안 된다는 것이었다. 어느덧 시계는 자정을 넘기고 있었다. 참다못한 내가 좀 더 구경하고 싶어하는 친구들을 설득하여 자리에서 일어났다.

집에 도착하니 새벽 한 시가 되어 있다. 우리 내외는 녀석들이 잠에서 깰지 모르니 조용히 하자고 가만가만 현관문을 열고 들어섰다. 그랬더니 이게 웬일인가. 녀석들이 눈물로 범벅이 된 얼굴을 하고 현관 앞에 쪼그리고 앉았다가 벌떡벌떡 일어나는 것이 아닌가. 보아 하니 상당히 오래 울었던 듯 흑득흑득 흐느끼기까지 하고 있지 않은가. 기가 막히고 울화가 치민다. 아홉 살, 열 살씩이나 된 녀석들이 무서워서 잠도 못 자고 오돌오돌 떨고 흐느끼면서 현관에 나와 있는 꼬락서니가 처량하게 보인다. 내 속으로 낳은 자식들이건만 그렇게 못난이로 보일 수가 없다.

"이 바보 멍청이들아, 너네가 몇 살이야? 응? 이럴 수가 있는 거야?"

아내도 기가 막히기는 마찬가지인 모양이다.

"내 그럴 줄 알았어. 걱정 말고 갔다 오라더니 겨우 이 꼴이람."

나에게 질세라 소리를 질러댄다. 아직도 울음을 그치지 않은 채 흑흑거리면서 딸애가 먼저 입을 연다. 그 내용인즉 무서움 때문이 아니고 엄마·아빠가 걱정되어서 울었다는 것이다. 전화도 걸려오지 않고 열 시는 훨씬 넘고 더구나 아빠는 초보운전인데 교통사고라도 나서 병원에 실려 간 것이 아닌가 했다는 것이다. 그러고는 덧붙인다.

"그러니 어떻게 잠을 잘 수가 있겠어요."

아들 녀석도 누나와 똑같이 생각했다는 것이다. 그 순간 더 이상 아무 말도 할 수 없었다. 녀석들에게 지른 소리를 고스란히 되돌려받아야 할 것만 같았다. 그러고 보니 간신히 운전면허를 따서 자동차를 운전하기 시작한 것이 불과 몇 달 전임을 상기했다. 더구나 야간 운전은 거의 해보지 않은 상태가 아니었던가.

거의 열 시 전에 잠자리에 들던 녀석들이 새벽 한 시를 넘기면서까지 엄마·아빠를 걱정하고 있었다니. 그것을 미처 헤아리지 못하고 경솔하게 꾸중만 했으니. 겁 많고 나약한 줄만 알았더니 이렇게 속 깊고 의젓할 줄이야. 나잇살이나 먹은 우리가 오히려 어린애만도 못한 언동을 한 셈이다. 오늘 저녁 야간 운전을 하여 무사히 집에 돌아온 것이 녀석들의 염려 덕분이구나. 엄마·아빠가 무사히 돌아온 안도감에다 늦은 시각이라 얼마 안 있어 녀석들은 금방 잠에 빠져 버린다. 이불을 고쳐주면서 보니 그렇게 대견스러울 수가 없다.

(천안문학, 1994. 5)

엇박자

부끄러운 고백이지만 가끔 아내와 말다툼을 벌인다. 가끔이라고 했지만 정확한 표현인 것 같지는 않다. 종종이라면 너무 자주인 것 같고 이따금이라면 드문 느낌이므로 그 중간 정도를 나타내고자 했을 뿐이다. 그 말다툼의 발단이 언뜻 보기에 사소하거나 다소 유치하다는 생각이 없지 않다. 결과는 항상 내가 판정패다. 사실 패했다기보다는 후퇴하는 것이다. 나이 많은 내가 물러나는 것이 순리라는 생각이다. 성격 탓도 있겠지만 양보하는 것이 차라리 마음 편하기 때문이다. 그렇다고 언제까지나 마음이 편한 것만도 아니다. 솔직한 심정은 현명한 판단력의 소유자가 옆에서 시시비비를 가려주었으면 하는 바람이 없지 않다. 그 말다툼이란 것이 대충 이런 것이다.

언젠가 우리 가족이 설악산에 간 적이 있다. 가족이라고 해봐야 나와 아내, 초등학교에 다니는 딸과 아들이 전부다. 모처럼의 여행이었기에 어른들은 어른들대로 아이들은 아이들대로 마음이 들떠 있었다.

이곳저곳을 둘러보며 여행은 할 만하니 앞으로 자주 하자는 데까지는 의견의 일치를 보았다. 그러나 설악동의 케이블카를 타는 곳에서 엇박자로 나가기 시작했다.

케이블카 탑승권을 사기 위해 길게 늘어선 사람들 뒤에 따라붙는 아내에게, 이유를 조목조목 설명하면서 간곡히 만류하였다. 첫째, 다른 것을 둘러볼 시간도 충분하지 않은데 너무 지루하게 기다릴 필요는 없다는 것. 둘째, 마침 구름이 많은 데다 짙은 안개 때문에 케이블카를 타보았자 별다른 경치를 구경할 수 없다는 것. 셋째, 짧은 거리를 잠깐 타면서 요금은 매우 비싼 편이라는 것 등이었다.

내 의견에 아내는 한발도 물러서려 하지 않았다. 기어코 케이블카를 타고야 말겠다는 듯, 나에게 질세라 역시 하나하나 꼽아가면서 대들었다. 첫째, 케이블카를 기다리면서 미처 못 본 주변을 둘러보면 된다는 것. 둘째, 별다른 경치 구경이 중요한 게 아니라 케이블카를 타보았다는 자체가 의미 있다는 것. 셋째, 다음에 언제 또 올지 모르는 처지에 이왕 온 길에 타는 것이므로 요금이 결코 비싼 것이 아니라는 것 등이다.

여기에 한 술 더 떠서 "사람이 너무 그렇게 계산적이고 타산적이어도 주위 사람을 피곤하게 한다." "아이들이 이곳까지 왔다가 그냥 간다면 얼마나 섭섭해 하겠느냐." "어렸을 때의 인상 깊었던 체험은 영원한 추억으로 남는다는데, 이번 기회가 아이들에게 그럴 것 같다."는 것이었다. 이렇게 말하는 저변에는 나를 은근히 비난하고 측은하게 여기는 태도가 깔려 있음을 느낄 수 있다. '그래, 네 마음대로 해

라. 나중에 후회할 테니.' 속으로 푸념을 한 게 고작으로 하는 수 없이 내가 물러서고 만다.

한참을 기다린 후에 마침내 케이블카를 탈 수 있었다. 예상대로 자욱한 안개 때문에 높은 곳에서 바라보는 별난 구경은 엄두도 못 낸 채 붕 떠올랐다가 쿵 떠내려오고는 그만이었다. '그것 봐라. 내 말이 틀렸냐. 공연히 시간과 돈만 낭비하지 않았느냐.' 핀잔을 주고 싶지만 이왕 지나간 일이니 참는 수밖에 없다.

한번은 이런 일이 있었다. 추석이 가까워 오니 아내가 아이들 한복을 준비해야겠다는 것이다. 아내의 현명하지 못한 처사를 지적하며 만류하였다. 한복은 입기가 매우 불편하고 행동에 많은 제약을 주므로 아이들이 갑갑하게 여길 것이라는 것. 아이들이 한 해가 다르게 키가 자라서 얼마 입지도 못하게 될 터이니, 명절날 잠깐 입어보는 옷치고는 낭비가 심하다는 것 등을 들었다. 한복 살 돈으로 다른 옷을 사주라고 당부했다.

그러나 아내는 역시 막무가내였다. 그런 논리대로라면 명절에 한복 입은 아이들이 없어야 할 텐데, 얼마나 많으냐는 것. 아이들이 얼마나 한복을 입고 싶어 하는지 당신이 알고 있기나 하느냐는 것. 그러면서 자신이 어렸을 때의 한복에 얽힌 인상 깊었던 추억담을 펼치는 것이다. 하는 수 없이 또 내가 물러나는 수밖에 없다.

초등학교에 다니는 아들 녀석이 가을 소풍을 갈 때의 일이다. "다녀오겠습니다." 하고 문밖을 나서는 녀석을 불러 세운 아내가 등에다 둘둘 만 돗자리를 메어준다. 점심을 먹을 때나 휴식을 취할 때 꼭 필요하리라는 것이다. 그럴 필요는 없을 것이라고 내가 말린다. 멀리 걸어갔다 오는 길이라 공연히 짐만 될 것이라고 한다. 대개의 소풍지가 잔디나 풀잎으로 덮여 있으니 모처럼 그 위에서 한바탕 뒹굴어봄직도 하다고 말한다.

그러자 아내는 요즘 유행성출혈열이 기승을 부린다는데 아무 데나 앉는다는 것이 말이 되느냐고 펄쩍 뛴다. 하는 수 없이 또 후퇴한다. 망설이던 녀석은 내가 물러서는 낌새를 채고는 돗자리를 메고 잽싸게 집을 나선다. 그리고 보니 아이들은 지금까지 말은 하지 않았지만 제 어미 편을 들고 있었는지도 모른다.

이처럼 우리 부부가 엇박자로 나가는 일은 일일이 열거할 수 없을 정도다. 그 결과는 이미 언급한 대로 늘 나의 패배로 끝나고 만다. 그렇다고 아내의 의견에 전적으로 동조하는 것은 결코 아니다. 시간이 지나고 나서 생각해도 아내가 쓸데없는 고집을 부린다는 생각에는 변함이 없다. 그것을 증명하는 예는 금방 나타났으니까 말이다.

케이블카를 탔다는 데 의미를 부여하기에는 너무나 허무하고, 한복은 몇 년은 고사하고 한두 번 입고 부득이 나이 어린 조카들에게 주어야만 했다. 소풍 갔던 아들 녀석은 땀범벅이 되어 돌아와서는, 돗자리를 깔아보지도 못한 채 귀찮고 성가셔서 혼났다고 푸념이다. 이렇게 되면 내 의견과 주장이 타당한지도 모른다.

아내와의 엇박자에서 늘 물러서는 것은 나의 나약함에 그 원인이 있는지 모른다. 그러나 한편 생각하면 아내의 의견이 나의 주장을 후퇴시키고 있다는 것이 솔직한 심정이다. 다시 말해 나의 생각을 완강하게 고집하고 싶다가도 아내의 말을 들으면 그것에 또 수긍이 가는 것이다. 가령 케이블카를 타지 않았거나 한복을 못 사게 했을 때 두고 두고 아이들이 나를 원망할지도 모른다는 생각이 드는 것이다. 돗자리를 깔지 않는다면 정말 유행성출혈열에 걸릴지도 모른다는 생각에 모골이 송연해지는 것이다.

이처럼 결과야 어떻든 아내의 판단에 일리가 있다고 생각되어 슬며시 물러서고 마는 것이다. 그렇다면 말다툼이 일어날 까닭이 있을 것 같지 않다. 하지만 위에서 털어놓은 것처럼 우리는 어떤 일을 놓고 끊임없이 엇박자로 나간다. 뻔한 결과를 놓고 시간 낭비나 하는 것이 아닌가 하는 생각마저 든다. 그렇다고 이 엇박자로 인한 말다툼을 중단하고 싶은 생각은 없다. 내 의견이 묵살될 것이 불을 보듯 환한데도 말이다. 우리 부부는 엇박자 속에 티격태격하면서 살아갈 운명을 타고났다고 생각되기 때문이다.

(천안문학, 2006. 11)

제4부

용감한 이의 행복 여행

여행을 싫어하는 사람이 있을까. 어쩌면 환자나 거동이 불편한 노인과 어린아이는 그럴지 모른다. 아니, 그들은 싫어한다기보다 하는 수 없이 체념하거나 포기하는 것이겠다. 그러고 보면 여행은 누구나 좋아한다고 봐야 할 것이다. 그러나 정작 실행은 그리 쉽지 않은 모양이다.

방학이나 연휴 기간에 인천 국제공항이 몸살을 앓는다고 난리지만, 막상 주위에서 자주 여행한다는 사람을 만나기도 힘든 편이다. 많다고 하는 해외 여행객 숫자도 전체 인구에 비하면 아주 적은 편이다. 결론은 여행이 결코 쉽지 않다는 말이다.

그 원인은 무엇일까. 마음속으로는 늘 준비하면서도 왜 정작 떠나지 못하는 것일까. 아마도 생활에 여유가 없기 때문일 것이다. 아침에 출근길을 바라보면 모두들 얼마나 바쁜가. 거의가 종종걸음을 친다. 느긋한 동작은 찾아보기 힘들다. 그것은 곧 시간의 부족을 말한다. 그렇다. 이것저것 여러 가지 일에 매달려서 항상 시간이 모자란 판인데, 어디를 한가하게 여행할 수 있단 말인가.

아니 또 있다. 돈에 신경이 쓰이기 때문일 것이다. 싸가지고 저승 갈 것도 아니고 쓰기 위해 버는 것이 돈 아닌가. 있다가도 없고 없다가도 생기는 게 돈 아닌가. 말들은 그렇게 하지만 매사에 돈의 눈치를 살피는 것은 어쩔 수 없는 일이다.

생활에 여유가 없다는 것은 시간과 돈이 모자란다는 뜻이다. 이럴진대 여행을 가장 방해하는 적은 시간과 돈이 아닐까 싶다. 이러한 장애 요소를 과감히 떨쳐버리고 여행을 해야 용감한 사람이라고 할 수 있다. 관광버스에 올라 7번 국도를 달리면서 용감한 사람의 대열에 끼어본다. 실로 오랜만의 여행이다. 버스 안에서 바깥 풍경을 감상하는 것도 훌륭한 관광이다.

버스 여행으로 차창 밖을 감상한 것이 이번이 처음은 아니다. 몇 번 안 되는 외국 여행이지만 현지에서의 이동은 거의 버스에 의존한 것 같다. 그때마다 열심히 바깥 풍경을 내다본 듯하다. 지금까지의 국내 여행은 거의 자가용으로 하였다. 후다닥 목적지에 도착하여 대충 훑어보고는, 휑 하니 다른 곳으로 떠나기 일쑤였다. 이동하는 동안 운전에도 신경이 곤두서는 판인데 구경은 더더구나 할 수 없는 형편이었다.

국내 여행에서는 설령 버스나 기차를 이용하더라도 아예 밖을 내다볼 생각은 하지 못한다. 옆 사람과 대화를 나누다 보면 그럴 겨를이 없다. 혼자일 경우는 거의 잠을 잔다. 아니면 음악을 듣거나 영화를 본다. 웬만한 관광버스에는 장비가 갖추어져 노래를 들려주거나 영화를 보여준다. 외국도 아니고 자신이 살고 있는 나라이니, 보나마나 바깥 경치는 뻔하다는 인식도 작용했을 것이다.

창밖에는 가을이 낮고 편안하게 내려앉아 있다. 넓은 들판에는 가을걷이에 한창인 아낙네들이 한 폭의 그림 같다. 바라보기만 해도 풍요로워지는 누렇게 익은 벼, 주렁주렁 매달린 사과와 배와 감들. 푸른 산이 불쑥 솟았다가 쫙 펴지는가 하면, 몇몇의 집들이 옹기종기 마을을 꾸미기도 한다. 불쑥 솟은 산도 모양새가 한결같지는 않다. 불탄 흔적이 역력한, 어린 풀과 작은 나무로 쑥스럽게 서 있는가 하면, 울창한 숲 더미로 무장하여 누구라도 밀쳐낼 것처럼 당당하기도 하다. 마을 풍경도 가지가지다. 같은 모양을 한 것 같은데 실은 다르고, 다른 것 같으면서도 비슷비슷하다.

꿈틀거리는 시내나 강이 산속으로 숨바꼭질하는가 하면, 공사판의 포크레인이 우뚝 다가서기도 한다. 공사장에서는 사람의 숨결이 느껴진다. 작업 차량이 분주하게 움직이고 사람들의 손놀림도 바쁘다. 초등학교도 나타나고 터널이 갑자기 겁을 주는가 하면, 들판의 이름 모를 풀과 꽃과 나무가 반겨주기도 한다.

해안가에는 오징어가 빨래처럼 걸려 있다. 크기가 일정하여 어린아이 팬티를 여러 장 한꺼번에 널어놓은 것 같다. 해안선을 따라서는 상점과 주택이 끝 간 데 없이 이어진다. 이들을 한곳에 모으면 거대한 도시가 될 것 같다. 그러나 뭐니 뭐니 해도 단연 바다가 최고다. 한없이 펼쳐진 푸른 물결 위로 몇 척의 배들이 한가로이 떠 있다. 무엇을 하는 배인지 알 수 없다.

확 트인 해안에 별장을 짓고 살고 싶다. 고달프거나 괴로울 때면 언제나 달려가 심신을 쉬어야지. 끝없이 펼쳐진 물결 위로 파도가 밀려오고 밀려가며 발밑에서 철석철석 부서지겠지. 하얀 물보라는 환상적일 거야. 여름에는 문을 활짝 열고 짭조름한 소금끼 품은 바람을 가슴 가득 빨아들여야지. 지저분한 내장이 깨끗이 청소되겠지. 겨울에는 거센 바람이 몰아칠 거야. 바다 위를 윙윙거리며 달려오며 태곳적 음향을 전해주겠지.

버스가 서서히 멈추어 선다. 달콤한 공상에 젖어 있을 때 목적지에 닿은 모양이다. 마음껏 공상의 날개를 펼 수 있는 것도 버스 여행이다. 앞으로는 버스 여행을 자주 해야겠다. 그 재미를 쏠쏠히 맛볼 것 같으니 말이다. 온통 신경을 써야 하는 자가용에 비해 얼마나 편안하고 여유로운가. 이런 편안함과 여유로움은 용감한 사람이 누리는 당연한 대가가 아닐까. 용감한 이의 버스 여행은 그래서 곧 행복 여행이 되는 것이다.

(행문, 2008. 4)

전주 기행

2009년 6월 21일 일요일. 08시 정각 선릉역에서 전주 일원을 둘러보기 위해 일행과 함께 대절버스로 출발한다. 하늘 가득한 검은 구름이 금방이라도 폭우를 쏟아낼 것만 같다. 전주에 살고 있는 친구의 초대로 이루어진 여행이다. "열심히 일한 당신, 떠나라." 과연 지나온 기간 열심히 일했나. 떠나는 마당에 시시콜콜 따지지 말기로 하자. 가벼운 마음으로 떠나기로 하자. 부안 인터체인지에 도착한 것은 서울을 출발하여 2시간 30분 정도 지난 후다. 이곳으로 또 다른 고속도로가 개통되고 그 고속도로를 달려온 덕분에 예상보다 한 시간 빨리 온 것이다.

관광은 새만금부터 시작이다. 그동안 말도 많고 탈도 많았던 곳. 숱한 소문으로만 듣던 그곳에 와보니 감개무량하다. 서울 여의도 면적의 140배라니 정말 대단하다. 너무 늦게 찾아온 자신의 게으름을 꾸짖어 본다. 전시관을 둘러보고 인간의 한계가 과연 어디일까 새삼 문게 된다. 지금까지의 작업도 놀랄 만하지만 앞으로의 청사진도 어마어마하기는 마찬가지이다. 방조제를 돌아보고 나오는 사이, 엄청나게 변모될 앞날에는 아랑곳없이 작은 배들이 올망졸망 물결에 흔들리고 있다. 새만금을 뒤로하고 격포로 향한다. 버스가 코너를 돌 때마다 드넓은 바다가 쫙 펼쳐지곤 한다.

격포에 도착하자마자 점심식사를 하기로 한다. 금강산도 식후경이라 하지 않았던가. 이른 시각에 집을 나서는 바람에 아침 식사를 부실하게 했던 것도 사실이다. 이를 만회하기 위해서라도 많이 먹어 둬야한다. 이에 맞장구라도 치듯 인심 좋은 횟집 주인아주머니는 싱싱한 해산물을 차례로 내온다. 광어·낙지·해삼·멍게·소라·개불 그외 이름 모를 생선과 조개들. 모두가 자연산이란다.

우리는 그간 얼마나 자연산에 굶주렸던가. 외국산 아니면 양식 해산물에 길들여지면서 애타게 자연산을 그리워하지 않았던가. 이에 곁들여 나온 뽕주. 뽕나무 열매인 오디를 주원료로 한, 술 이름이다. 싱싱한 자연산 생선회와 뽕주의 어울림은 듣던 그대로 환상적인 맛이다.

식사 후 채석강을 둘러본다. 채석강! 아니 바다에 왔는데 무슨 뜬금없이 강이란 말인가. 이러한 의문은 안내문을 읽고서야 금방 풀린다. 중국의 채석강과 비슷하다고 해서 붙여진 이름이기 때문이다. 연이어 있는 깎아지른 듯한 절벽. 그 밑으로 간간이 출렁이는 파도. 절벽 밑을 한가로이 거니는 사람들. 한 폭의 그림이다. 어느덧 중국의 채석강에 와 있는 듯한 착각 속에 빠진다. 부안 인터체인지에 들어설 때까지도 잔뜩 덮혔던 구름이 거짓말처럼 사라지고 햇빛이 비치고 있다. 맑은 날씨와 푸른 바다가 어울리니 제격이다.

격포를 벗어나 변산반도 해안도로를 따라 내소사로 향한다. 푸른 바다가 끝없이 펼쳐지는가 하면 멀리 이름 모를 도시가 엷은 안개 속에 모습을 드러냈다 감췄다 한다. 문득 허난설헌이 생각난다. 그녀는 이 좁은 나라에 태어난 것이 한이 된다고 했다지 않은가. 이렇게 넓은 나라를 좁다고 한 그녀는 얼마나 넓어야 넓다고 할 것인가. 통 큰 여인과 바다의 망망함에 감탄하는 한편 자신의 초라함에 자괴감이 든다.

아무리 보잘것없고 초라할지라도 추하게 살지만 않았으면 좋겠다. 늙어가면서 느끼는 것은 고집밖에 없다고 하지 않나. 옹고집에 추함마저 더하면 어쩌란 말인가. 아름답고 고상하게 늙어가지는 못할망정, 제발 추하게는 늙지 말게 해달라고 맑고 넓은 바다에 염원해본다.

내소사에 도착하니 수십 대의 관광버스가 즐비하게 늘어서 있다. 일요일이라고는 하지만 지금이 어느 철인가. 한여름에 접어드는 6월 말이 아닌가. 날씨가 후텁지근하게 무덥지 않은가. 그럼에도 불구하고 이렇게 많은 관광객이 물결을 이루고 있으니, 반겨야 할 일인지 걱정스런 일인지 알 수 없다. 내소사가 그만큼 유명세를 타고 있기 때문일 것이다.

굵고 키 큰 전나무가 절 입구 양편에 늠름하게 터널을 이루고 있다. 대웅전도 특이하다. 웬만한 절들이 대부분 화려하게 단청한 것과 다르게 원래 모습 그대로다. 얼핏 보면 낡고 퇴색해 보이지만 그런대로 독특해 보인다. 아기자기하고 오밀조밀하게 산재한 전각과 요사체들이 마냥 정겹게 다가온다. 전체가 아늑한 느낌을 준다. 내소사를 벗어나 전주로 향한다. 전주의 터줏대감인 친구는 이 고장에 대해 한 가지라도 더 알려주려고 안간힘을 쓴다.

"전주 시내에서 20분 정도 어느 방향으로든지 자동차를 타고 달리면 깊은 숲과 계곡이 나타나지. 그곳은 전연 오염되지 않아서 아주 맑고 깨끗해. 나는 이 매력에 끌려 전주 떠날 생각을 아예 하지 못해."

전주에 사는 것에 긍지를 느끼고 있는 듯하다. 전주를 사랑하고 아끼며 널리 자랑하고 싶어 한다. 말 한 마디, 한 마디에 그것이 녹아 있다. 그 친구야말로 진정 전주 사람이다.

어느덧 오후 5시가 지나고 있다. 저녁 식사로 비빔밥을 먹기로 한다. 전주 하면 비빔밥, 비빔밥 하면 전주가 아니던가. 이 전주의 비빔밥이 한국의 음식으로 세계에 알려지고 있다니 대견스럽다. 식당의 분위기도 정갈하고 우아하다. 음식이 맛깔스러운 데다 종업원들의 친절함이 더해져 어느 것 하나 빈구석이 없어 보인다. 식사 후 덕진 공원을 둘러본다. 넓은 호수에 넓적한 연잎이 한쪽 가득한 것이 장관을 이룬다. 많은 사람들이 공원을 산책한다. 그들은 한결같이 여유로워 보인다.

오후 7시쯤 전주를 출발하여 서울로 향한다. 아침에 집을 나설 땐 빈손이었는데 지금은 무엇이 묵직하다. 참기름 한 세트, 뽕주 한 병, 쥘부채 한 개가 들려 있다. 일행 중 누군가가 마련하여 준 것이다. 남에게 베푼다는 것은 얼마나 좋은 일인가. 남에게 베풀며 살 수 있었으면 좋겠다.

그러고 보니 어느덧 60대 중반이 바로 턱밑에 와 있다. 이 사실을
까맣게 잊고 악동으로 돌아가 오늘 하루 떠들고 먹고 마시고 시시덕
거렸던 것 같다. 길이 남을 추억을 만든 것이다.

(천안문학, 2010. 7)

일본 관서지방 여행

2006년 5월 14일 일요일.

학과 졸업 여행단을 인솔하고 4박 5일간 일본 관서지방으로 여행을 떠나게 되었다. 학부제의 영향도 있겠지만 학생들의 열기가 식은 탓일까. 그동안 졸업여행은 중단되다시피 하였다. 대충 계산해 봐도 학생들과 함께 여행하는 것이 14년 만인 듯하다. 각자 부산항에 집결하여 18시간의 긴 항해 끝에 오사카항에 닿아 오사카 · 나라 · 교토 · 고베를 둘러보는 일정이다.

이순의 나이에 오랜 시간 배 타는 것을 견뎌낼 수 있을까 은근히 걱정된다. 그것만도 아니다. 지금 살고 있는 경주의 집에서 배 타기까지의 역정도 만만치 않다. 집에서 택시로 경주 버스터미널로 간다. 버스로 부산 버스터미널에 도착한 후 지하철로 갈아타고 50분쯤 달린다. 거기서 걸어서 국제여객선 터미널로 가야 한다. 고역이 아닐 수 없다.

그런데 졸업한 제자로부터 전화가 왔다. 자가용으로 국제여객선 터미널까지 모신다는 것이다. 그는 우연히 내가 일본으로 졸업 여행단을 인솔한다는 소식을 들었다는 것이다. 고맙고 다행스러운 일이 아닐 수 없다. 남에게 기쁨과 고마움을 베풀 수 있다는 것은 얼마나 좋은 일인가. 나도 남이 고마워하는 마음을 갖게 한 적이 있을까. 나를 챙기기에도 버겁다고, 자신 하나 건사하기에도 벅차다고, 남을 아랑곳하지 않은 적은 없을까. 나만 괜찮으면 그만이지 남이야 어떻든 무슨 상관이냐고 한 적은 없었던가.

국제여객선 터미널에 도착하여 배에 오르자 언제 출발했는지도 모르게 서서히 움직이기 시작한다. 곧이어 더듬거리며 방향을 잡는가 싶더니 큰 선체가 생각과는 달리 빠르게 달린다. 갑판에 나가 본다. 많은 사람들이 육지를 향해 손을 흔든다. 딱히 누구를 향해 흔드는 것 같지는 않다. 마주 보이는 곳에서도 사람들이 손을 흔들고 있다. 사람들은 어딘가로 떠났다가 돌아오고, 돌아왔다가 또 떠난다. 그것은 어쩌면 일상사 중의 하나인지 모른다. 그런데도 떠나는 사람이나 보내는 이 모두 영원히 이별을 하듯 아쉬워한다.

눈앞에 펼쳐지는 부산 시가지가 웅장하고 멋있다. 한 폭의 대형 화면이다. 크고 작은 건물들로 거대한 조화를 이룬 모습. 도시는 아무래도 멀리서 바라보는 것이 더 제격일 듯싶다. 바람이 분다. 제법 거세다. 망망대해를 거쳐 거침없이 몰려오기 때문일까. 몸을 가누기 힘들 정도다. 강렬한 태양 속을 달려오는 바람에 얼굴을 맡기니 금방 따끔거린다. 소금기를 흠뻑 묻혀다가 사정없이 얼굴에 뿌리는 모양이다.

그 바람은 어디서 불어와 어디로 가는 것일까. 어느덧 노을이 진다. 저녁이 무르익어 가고 있다.

5월 15일 월요일.

잠에서 깨니 새벽 여섯 시다. 잠을 충분히 잤다고 느끼면서 일어나니 밖이 수런거린다. 조금 후 학생들이 우르르 몰려 들어온다. 다소 놀라며 의아해 하니 '스승의 노래'를 부르러 왔다는 것이다. 오늘이 스승의 날이라는 것을 까맣게 잊고 있었다. 그들의 합창은 이따금 화음이 되지 않거나 가사가 통일되지 않은 채 어물쩍거리기도 한다. 하긴 어디서 연습할 겨를이 있었을까. 그래도 가슴이 찡하다. 스승의 노래를 들을 자격은 있는 것인가. 저들을 위해 해준 것은 무엇인가. 진정한 스승상은 지녔는가. 학생들이 노래를 부르는 동안 끊임없이 되물어본다.

아침 9시 50분에 오사카항에 도착하여 배에서 내려오니 11시다. 500여 명의 승객이 하선하기 때문에 시간이 꽤나 걸린다. 곧바로 오사카성으로 이동한다. 한국 관광객이 많이 보인다. 외국에서 한국인을 자주 대하니 걱정이 앞선다. 1996년 동남아 여행을 한 적이 있다. 그때 태국에서 얼마나 많은 한국인을 만났던가. 그렇게 숱한 사람들이 해외에 나가 돈을 써 댔으니 나라가 경제 위기를 당한 것이 아닌가. 나도 그 주범 중의 하나였던 셈이다. 그런데 요즈음 또 한국인들이 외국으로 쏟아져 나간다. 이러다가 다시 경제 위기를 맞는 것은 아닌지.

우리가 머무르는 메트로 호텔이 오사카 중심지에 있어 저녁 식사 후 신사이바시와 도톤보리를 둘러본다. 휘황찬란하고 번화하다. 예쁘게 치장한 아가씨가 스스럼없이 빨간 불꽃을 일으키며 담배를 피운다. 그들은 여유롭고 평화로워 보인다. 아무 근심·걱정도 없어 보인다. 모두들 행복한 것 같다. 늦은 시각까지 배회하는 이들은 어디서 왔다가 어디로 가는 걸까. 불야성을 이룬 도시가 잠잘 기미를 보이지 않고 흥청거린다. 숙소로 돌아오니 자정이 되어간다.

5월 16일 화요일.

아침 6시쯤 기상하다. 지난밤 몇 차례 깼다가 잠들곤 했기 때문에 산뜻한 느낌은 아니다. 집 밖에서 편안히 잠자지 못하는 것도 한 버릇인가 보다. 창문의 커튼을 열어젖히고 밖을 내다본다. 어수선하게 건물들이 솟아 있는 가운데 가랑비가 내리고 있다. 우산을 쓰거나 그냥 걸어가는 사람들이 보인다. 이른 시간이라 그런지 사람과 차량이 이따금 오갈 뿐이다.

점점 빗줄기가 굵어진다. 하루 종일 빗속에서 관광을 한다. 교토의 청수사와 귀무덤을 살펴본 것이 인상적이다. 계속되는 빗속이지만 청수사는 관광객들로 들끓고 있다. 교복을 입은 중·고등학생이 떼로 몰려다닌다. 단체로 여행을 온 모양이다. 그들 하나하나의 표정이 밝고 즐거워 보인다. 한국인들만 관광을 좋아하는 게 아닌 것 같다. 걷는다기보다 떠밀리다시피 하여 경내를 돌아본다. 볼거리 중 지혜의 샘물, 건강의 샘물, 사랑의 샘물이 있다. 이 세 곳에 사람들이 길게 꼬리를 늘이고 서 있다. 이 중 하나의 샘물을 마시면 효험이 있지만, 두 개 이상에서 마시면 효험이 없다고 한다. 욕심이 많으면 아무것도 이룰 수 없다는 교훈을 담고 있다.

사람들은 누구나 지혜와 건강과 사랑을 얻기 원한다. 우선순위를 정한다면 어느 것이 맨 앞자리를 차지할까. 저렇게 길게 늘어선 사람들은 무엇을 제일 간절히 염원할까. 한 시간은 족히 기다려야 샘물을 마실 수 있을 것 같아 포기하고 만다. 마셨다면 어떤 샘물을 마셨을까. 아무래도 건강의 물일 것 같다. 건강하게 살고 나서야 지혜도 사랑도 필요한 것이 아닐까.

비는 멈추지 않고 내린다. 우리의 여행을 시기하고 질투하는 듯하다. 귀무덤에 도착하여 안내자의 설명을 들으니 화가 나고 속이 상한다. 임진왜란 때 일본군이 전리품을 확인하기 위해 목 대신 베어갔던 우리 조상들의 코와 귀를 묻은 무덤이다. 길가 한 귀퉁이의 초라한 귀무덤이 빗속에서 음울한 분위기를 연출한다. 그 초라함에 걸맞은 93세의 늙은 관리인. 방명록에 이름을 올리고 떠난다.

오후에 나라현의 동대사와 사슴공원을 둘러본다. 동대사의 엄청난 규모는 언제 봐도 놀랍다. 축소지향적이라는 일본인의 특질이 무색할 정도다. 사슴공원의 사슴들은 팔자가 늘어진 녀석들처럼 보인다. 한가하게 풀을 뜯는 것이 전부다. 교토 시가지를 지나 나라로 향하면서 이전에 일본에 왔던 감상과 지금의 느낌을 비교해본다.

12년 전이었던가. 그때는 첫 일본행이라 그랬는지 매우 인상적이었다. 우리나라보다 문화와 문명이 훨씬 앞서 있다고 생각했다. 거리마다 깨끗하게 청소되고 단장되어 있었다. 그런데 지금은 전혀 그렇지 않다. 도시는 퇴락하고 거리 곳곳에 쓰레기가 버려져 있다. 우리보다 앞서기는커녕 오히려 뒤떨어져 있다는 느낌이다. 순전히 내가 느끼는 감정인가. 아니면 실제가 그런 것인가.

저녁 식사 후 학생들과 함께 술잔을 기울이며 잠깐 동안 이야기를 나누다. 긴 담소를 나누기에는 너무 늦은 시간이기 때문이다. 학생들은 틈만 있으면 쇼핑이다. 오늘 저녁에도 식사 후 곧바로 거리로 뛰쳐나갔고, 밤이 늦어서야 숙소로 돌아온 것이다. 그들은 여행 시작부터 지금까지 쇼핑에 열을 올린 듯하다. 관광은 뒷전이고 무엇을 얼마나 많이 살 것인가에 매달리는 모양새다. 여행이 아니라 쇼핑을 하러 온 것이다.

5월 17일 수요일.

새벽 4시에 일어나다. 더 자야 했지만 잠이 오지 않는다. 비가 제법 많이 내린다. 아침 식사 후 고베시의 중국인 거리를 거닐어 보고, 지진 현장을 둘러보고, 모자이크라는 상가를 구경하고, 관광 일정을 모두 끝낸다. 그동안 학생들은 좋아라 하며 계속 사진 찍기에 바쁘다. 여행 기간 그들이 쇼핑 외에 한 일이 있다면 사진 찍기일 것이다. 나는 무덤덤하게 지켜보는 게 고작이다. 다시 긴 배 여행이 시작된다.

돌아가는 길이다.

5월 18일 목요일.

오전 9시 50분 부산항에 닿아 11시에 하선하다. 학생들은 양손에 커다란 꾸러미를 들고 즐거운 표정으로 시끌시끌 떠들면서 항구를 빠져나간다. 나는 텅 빈 손에 허무만을 가득 안고 그들과 헤어진다. 일상의 궤도에서 며칠간 이탈한 느낌이다.

(천안문학, 2008. 12)

덧없는 세월에 마음을 빼앗기고

대만 여행

2009년 12월 24일 목요일.

부산 김해국제공항 미팅 장소에 도착하니 일행이 전부 모여 있다. 시간은 16시를 조금 넘고 있다. 꽁꽁 언 날씨인데도 불구하고 한 명도 지각하지 않고 모이다니 여행이 순조로울 것 같다. 커피 한잔씩 마신 뒤 느긋하게 출국 수속을 마치고 대만행 비행기에 오른다. 어느 결에 온 대지가 어둠에 싸여 있다. 이륙하는 순간 부산 시내의 야경이 눈 아래 펼쳐진다. 한낮이라면 오밀조밀한 도시의 구도가 볼만했을 텐데 아쉬움이 없지 않다.

우리는 대만 제2의 도시 고웅(까오슝)의 국립고웅사범대학교의 학술발표회를 위해 출발하는 것이다. 말은 하지 않지만 모두가 논문 발표 때문에 마음이 가볍지만은 않아 보인다. 순전히 관광만이 아닌 여행이기에 다소 가라앉은 분위기인 것만은 틀림없다. 여기에 하필이면 며칠 전 대만에서 6.8도의 강진이 발생했다고 하지 않던가. 그 여파로 13명이 부상하고 언제 또 여진이 일어날지 모르는 상태라고 하지 않던가. 이러한 사정으로 출발부터 이 여행은 마냥 홀가분한 기분만은 아니다.

내 경우는 켕기는 게 하나 더 있다. 모두 젊은 교수들인데 나만 60대 중반을 바라본다. 주책없이 젊은이들 틈에 끼어 실수나 저지르지 않을까. 가뜩이나 관절염으로 고생하는 처지에 남들에게 폐나 끼치지 않을까. 그것이 염려되기 때문이다.

하지만 은근히 기대되는 바도 없지 않다. 학술발표회가 끝나면 관광을 할 것이 아닌가. 그러면 처음 가보는 곳이니 많은 것을 구경할 것이 아닌가. 학술행사 참가와 관광이라는 두 마리 토끼를 잡는 셈이 아닌가. 어떻든 이제는 떠나고 있는 것이다. 우려 반, 기대 반의 심정으로 날아가고 있는 것이다.

학술발표회 참가가 확정되었을 때 인터넷에서 미리 검색해 보았다.

> 대만: 경상남북도 크기만 한 360만ha의 면적에 인구는 약 2,300만 명. 기후는 아열대성. 바나나 등 열대 과일과 자스민 차를 비롯한 다양한 종류의 차(茶)가 생산됨. 고산지대를 제외하고는 겨울철에도 눈이 내리지 않는 나라. 1인당 국민소득은 한국이 약간 앞서며 대기업보다는 중소기업이 잘되는 나라.
>
> 고웅: 대만 제2의 도시로 면적 154평방킬로미터에 인구는 152만 명. 연평균 기온이 24.4도에 우기(雨期)는 5월부터 10월. 동북아와 남태평양으로 통하는 해상교통의 요충지. 빠른 산업 발전에 힘입

어 세계적 국제도시로 도약하고 있음.

국립고웅사범대학교: 교육학원, 문(文)학원, 이(理)학원, 과기(科技)학원, 예술학원(여기서의 학원은 한국의 단과대학에 해당함)의 5개 단과대학에 18개 학과, 30개 석사과정과 10개 박사과정이 있으며 학생 수는 총 6,400여 명 정도. 약칭은 고사대.

이전에 고웅이란 도시 이름을 본 적이 있다. 윤후명의 단편소설 「호궁(胡弓)」에 이 지명이 나온다. 이 소설 속 여주인공 미스 요(姚)가 장차 신혼의 꿈을 펼칠 곳이다. 오래전 이 소설을 읽으면서 그 발음이 재미있어 까오슝 까오슝 했던 기억이 있다.

19시에 김해공항을 출발하여 20시 15분 대북의 도원공항에 도착했다. 1시간의 시차를 감안하면 김해에서 2시간 15분 걸린 셈이다. 도원공항은 평범하다고 해야 할까. 각국의 공항을 다녀본 경험에 비춰볼 때 화려하지도 초라하지도 않다. 곧바로 기차역으로 이동하여 고속열차를 타고 고웅으로 향한다. 열차 안은 대낮처럼 환하고 통로와 좌석이 넓어서 여유로워 보인다. 우리의 KTX는 좌석이 좁고 앞뒤 좌석 간의 공간과 통로가 비좁아 답답한 느낌이 드는 것과 대조된다. 늦은 시각인데도 열차 안은 승객들로 꽉 차 있다. 이들은 모두 무엇을 하는 사람들인가. 어디서 왔다가 어디로 가는가. 한국인과 차이가 없어 보이는 얼굴들이다.

고웅의 좌영(左營)역에 도착하니 밤 11시다. 늦은 시각인데도 생글생글 웃으며 반겨주는 안내 여성분들이 고맙다. 호텔에 도착하니 방이 그럴 듯하다. 문득 지난여름 서유럽 여행 때의 생각이 난다. 서유럽 여행하기를 결정했을 때의 일이다. 동일한 행선지임에도 불구하고 그 가격의 천차만별에 어리둥절해진다. 고민 끝에 비싼 만큼 숙식 조건이 좋을 것이라는 결론을 얻고 다소 비싼 여행 상품을 택했다. 하지만 막상 현지에 도착해 보니 호텔이 그저 그랬다. 여행사 측에선 역사가 오래된 국가들의 호텔이기에 규모가 작고 허술하지만 그럴수록 그 등급은 일류란다. 그럴듯한 구실을 붙여 관광객을 속인다는 생각을 지울 수 없다.

그에 비해 오늘부터 4일간 묵을 12층의 이 호텔은 우선 넓고 시설이 잘 되어 있다. 욕실은 물론 TV · 냉장고, 넓고 아늑한 침대와 깨끗한 침구, 게다가 커피와 각종 차와 그것을 끓여 마실 수 있는 도구가 갖추어져 있다. 호텔 측의 세심한 배려가 느껴진다. 이름은 여경주점(麗景酒店, Lees Boutique). 무엇보다 다행인 것은 1인 1실로 사용한다는 점이다. 한 방을 두 명 이상이 사용하게 되었을 때 옆 사람에게 어느 정도 신경이 쓰이는지는 경험한 사람만이 알리라. 그런 염려가 없어졌으니 얼마나 홀가분한가. 밤이 깊었는데 잠은 쉽사리 오지 않는다. 여독 탓인지 잠자리가 생소한 때문인지 알 수 없다.

12월 25일 금요일 맑음.

아침 6시 30분 호텔 2층에 있는 식당에서 식사를 하다. '포스코 건설', '유풍' 등의 글자가 새겨진 작업복 차림의 한국 사람들이 몇몇 눈에 띈다. 이곳까지 한국인 근로자들이 진출해 있다니 그들이 대견해 보인다. 뷔페식이라 구미에 당기는 것으로 골라먹는다. 훈제 돼지고기, 빵, 건포도, 오렌지 주스, 요구르트 등등. 식사를 마칠 때까지 일행 중 아무도 보이지 않는다. 어찌된 일일까. 오늘 일정을 잘못 알고 있었나. 불안한 마음이 없지 않다. 나중에 알고 보니 너무 서두른 것이다. 제일 먼저 일어나 제일 먼저 식사를 한 것이다. 나이 많은 사람일수록 잠이 적다는 것을 증명해보인 셈이다.

오늘은 학술발표회 날이다. 오전 8시 40분 고사대에 도착한다. 이 학교는 고웅 시내에 화평(和平) 캠퍼스와 연소(燕巢) 캠퍼스를 두고 있다. 도착한 곳은 교육학원·문학원·예술학원이 자리 잡고 있는 화평 캠퍼스이다. 교문에 들어서니 우리를 환영하는 현수막이 걸려 있다. 학술대회 명칭은 〈동아학술연토회(東亞學術研討會)〉이고 주제는 〈인문연구신추세(人文研究新趨勢)〉이다. 대회 장소는 행정관 6층 3호실. 오전 9시 50분 계획된 시간에 맞춰 총장이 환영사를 하고 문학원장이 인사말을 한다. 이어서 3호실과 5호실로 나누어 두 곳에서 발표가 시작된다.

그러고 보니 오늘이 크리스마스, 곧 공휴일이 아니냐. 그런데 이 학교는 왜 이날 학술발표회를 한단 말인가. 의아해 하는데 대만에서 몇 년간 살았다는 일행 중의 한 교수가 이 나라는 크리스마스가 공휴일이 아니란다. 국가마다 공휴일이 똑같지 않다는 사실을 실감하다.

오전 발표회가 끝나고 점심 시간이다. 학교 구내식당으로 안내되어 가보니 와글와글 학생들로 넘쳐나고 있다. 그 안쪽으로 귀빈실이 있다. 그곳의 원탁에 둘러앉자 대학 구내식당의 음식이라고는 믿기 어려운 진수성찬이 차려진다. 해산물이 주를 이루면서 육류와 채소에도 결코 소홀함이 없다. 이름을 알 수 없는 각종 요리가 잇따라 나온다. 기름기가 다소 많은 것이 흠이지만 이처럼 푸짐한 식사 대접을 받아 본 적은 없었던 듯하다.

이 점심 식사가 고사대 측이 우리에게 공식적으로 베푸는 처음의 대접인 셈이다. 그래서인지 아주 신경을 많이 쓴 흔적이 보이고 정성이 그대로 전해온다. 총장을 비롯한 보직 교수들이 참석하고 그들이 친절을 다해 음식을 권한다. 서로가 말은 통하지 않아도 전혀 어색함이 없이 웃고 떠들며 먹고 마신다.

식사를 마치고 잠시 교정을 거닐어본다. 학생들이 삼삼오오 짝을 지어 웃고 떠들며 오간다. 대부분 가벼운 옷차림들이다. 가끔은 반팔 옷을 입은 학생도 보인다. 전체적인 분위기가 한국의 대학과 큰 차이가 없다. 한국은 지금 한겨울이다. 예년에 비해 혹한의 날씨가 계속된다고 한다. 이곳도 겨울이지만 섭씨 18도 내외로 따뜻하다. 그 때문일까. 높이 자란 야자수를 비롯한 아열대 식물들이 곳곳에 즐비하게 서 있다.

오후 발표도 오전처럼 두 곳에서 나누어 진행된다. 다소 지루했지만 제시간에 맞춰 끝나 다행이다. 고사대 측의 배려로 18시 20분쯤 시내의 고급 음식점(寒軒和平店)에서 만찬을 대접받는다. 점심 식사와는 또 다른 분위기다. 학술대회 도중의 점심 식사가 다소 긴장 상태의 분위기였다면 저녁 식사는 흥청거리고 느슨한 자리다. 이름 모를 각종 요리가 연달아 나오고 독한 술과 연한 술이 번갈아 올라온다. 고사대의 보직 교수들이 다수 참석한 듯하다. 총장의 주량이 대단하다. 한국의 소위 '원샷'에 해당하는 주법으로 술을 권하는데 속수무책으로 받아 마실 수밖에 없다. 사람은 누구나 잠시 만났다 헤어지는 이에게 친절하게 대하는 것일까. 아니면 이곳 사람들이 유난히 친절한 것일까. 시간 가는 줄 모르게 먹고 마시고 웃고 떠들며 사진을 찍다, 밤이 깊어진 뒤에야 모두들 아쉬운 마음으로 다음을 기약하며 헤어진다.

그동안 쌓인 피로에 저녁내 먹은 음식과 술이 한데 겹쳐 몸이 축 처진다. 누군가가 제안하기 바쁘게 모두 몰려가 전신 마사지를 받는다. 사실 대만에서 보낸 시간은 얼마 안 되지만 피로는 누적돼 있다. 잠을 제대로 못 잔 데다 온종일 학술대회로 앉아 있었기 때문이다. 피로 회복에는 마사지만 한 것이 없다고 하지 않던가. 건장한 남성들과 여성들이 성의껏 해주는 마사지 덕에 어느 결에 잠에 빠지고 만다. 그동안 쌓인 피로가 말끔 사라지는 듯하다. 경직되었던 몸이 나긋나긋 완전히 풀어진 듯하다. 이대로 내처 자고 싶다. 어제 아니 그전부터 설친 잠을 몽땅 보상받고 싶다. 북경과 하노이에서도 마사지를 받아봤지만 이곳과는 비교가 되지 않는다. 개구리처럼 엎어져 자다 깨다를 반복하는 사이 마사지가 끝난다. 호텔에 도착하니 벌써 자정을 넘기고 있다.

12월 26일 토요일 흐림.

눈을 뜨니 새벽 6시다. 방 밖에서 은은히 크리스마스 캐럴이 들려온다. 오늘부터는 관광 일정에 들어간다. 고사대에 교환학생으로 와 있는 세 명의 학생을 만났다. 외국에서 우리 학교 학생을 만나니 반갑다. 중문학과 두 명과 경영학과 한 명이다. 그들에게 이곳 생활에 대해 이것저것 물어본다.

"학교 기숙사에서 생활하는데, 숙식에 아무런 불편이 없습니다."

"대만 학생들이 무척 잘 대해 줍니다. 교수님들도 친절하시고요."

"중국어 익히기가 쉽지 않지만 열심히 하고 있습니다. 잘할 수 있을 것 같습니다."

"이 학교에 한국 학생들이 많지는 않습니다. 저희 세 명 외에 다른 대학 교환학생 두 명이 더 있을 뿐입니다."

결론은 기대 이상으로 만족한단다. 현지에 와서 외국어를 익히니 얼마나 좋을까. 새로운 환경에서 외국인을 사귀면서 많은 것을 듣고 보니 이처럼 소중한 경험이 또 있을까. 해마다 교환학생이 오게 된다니 참으로 잘된 일이다.

어제와 비슷한 시각에 아침 식사를 하고 오전 9시가 좀 지나 버스를 타고 호텔을 나선다. 고웅 시내를 빠져 나온 버스가 고속도로를 한참 질주하다가 국도로 접어든다. 작은 도시가 나타나고 그곳을 벗어나면서 시골길이 나타난다. 계속 달리는 동안 이 일이 반복된다. 고속도로 톨게이트를 지날 때마다 수금원이 일어서서 통행료를 받는다. 참 비능률적이란 느낌이다. 한국에서는 편안히 앉아서 일 처리를 하지 않던가.

버스가 달리는 양쪽 들판에 야자나무와 바나나 기타 이름 모를 아열대 식물들이 꽉 들어차 있다. 한참을 달리도록 나타나지 않던 산들이 왼쪽으로 보이기 시작한다. 대체로 야트막하다. 오른쪽에는 끝없이 바다가 펼쳐져 있다. 그렇게 달려 11시 15분쯤 바닷가 뷔페 음식점에서 점심 식사를 한다.

식사 후 아란비(鵝鑾鼻) 공원을 둘러본다. 공원 입구부터 줄지어 선 야자수들이 이국적이다. 고웅에서 130km 정도 거리의 남쪽. 대만의 최남단에 위치한 곳(串)이다. 한국의 땅끝 마을에 해당한다. 곶의 끝에는 1882년에 건설된 흰색의 아란비 등대가 있다. 주변에는 녹색의 잔디와 열대 식물이 무성하게 자라고 있다. 등대에서 대만해협 쪽을 바라보면 아름다운 해안선이 이어진다. 넓은 초원의 언덕에 올라가면 망망대해가 펼쳐진다. 한국의 제주도에 온 느낌이다. 바람이 모자를 날려버릴 듯이 거칠게 부는 것조차 비슷하다. 여기서 신기하게도 게(蟹) 한 마리를 발견한다. 연초록과 연노랑이 어울린 색깔의 작은 녀석이다. 제법 멀리 떨어져 있는 바다에서 기어왔나 했더니 본래부터 산속에 살고 있단다. 관광객들이 사진 찍기에 바쁘다.

다음으로 찾아간 곳은 한국의 광릉수목원쯤에 해당하는 간정삼림유락구(墾丁森林遊樂區)다. 해발 300m의 고지대에 넓이는 180ha. 열대 자연공원이라고 할 수 있다. 야생종과 재배종을 포함하여 1,000여 종이 넘는 열대식물이 서식하고 임업 시험장과 전망대와 인공 호수가 있다. 식물 가운데는 대왕야자 · 빈랑야자 등의 각종 야자나무와, 지상으로 내민 뿌리가 마치 판자처럼 납작하게 된 은엽판근(銀葉板根), 밭의 도둑을 막기 위해 사용한다는 자죽(刺竹) 등도 볼 수 있다. 필리핀과 인도네시아에서 수입해온 품종도 많다고 한다.

어느 곳도 인공의 흔적은 보이지 않고 자연림 그대로이다. 나무와 풀들이 어우러져 깊은 숲을 이룬다. 그 나무와 풀들이 엄청 크고 무성하다. 어디에선가 갑자기 타잔이 나무줄기를 타고 나타날 것만 같은 원시림이다. 원숭이가 뛰어다니고 곳곳에 뱀과 벌과 거미를 조심하라는 경고판이 붙어 있다. 그 숲 사이로 잘 정비된 산책로가 여럿 있다. 일행은 그중 한 코스를 택해 돌아나오기로 한다. 젊은 사람들은 다소 긴 길로, 그것이 힘든 사람들은 짧은 코스로 걷기로 한다. 걸으면서 잡담하고 사진 찍으며 삼림욕도 즐긴다.

저녁 식사 후 지하철을 타고 야시장에 들른다. 대만의 지하철도 한국의 그것과 큰 차이는 없는 듯하다. 다만 승강장을 비롯해 모든 공간이 넉넉해 보인다. 승객도 적은 듯하다. 서울의 지하철은 왜 답답하게 느껴지고 우중충해 보일까. 야시장 입구에 도착하니 매우 복잡하다. 스쿠터도 많이 그 앞을 지나간다. 고웅의 특색 중 하나는 스쿠터가 많다는 점이다. 언젠가 하노이에 들렀더니 자전거가 떼를 지어 달리던데 이곳은 스쿠터가 꼭 그렇다. 어딜 가나 스쿠터다. 요리조리 쌩쌩 달리기 때문에 자동차 운전자들이 짜증을 낼 법하다.

야시장 이름은 서풍(瑞豊). 규모가 대단하다. 지하철의 개통과 함께 최근에 발달하였다고 한다. 사람들이 바글바글하다. 뭐라고 꼭 집어서 말할 수 없는 묘한 냄새가 진동한다. 주로 음식점이 번성했는데, 오락장도 있고 각종 옷감과 잡화를 팔기도 한다. 이 깊은 밤에 그렇게 많은 사람들이 몰려나와 먹고 마시고 웃고 떠들고 있다니. 이것이 진정 사람 사는 모습이 아닐까.

12월 27일 일요일 흐림.

온천욕을 위해 오전 9시에 호텔을 출발한다. 어제처럼 고속도로와 시골길을 번갈아 달려간다. 가는 도중 고속도로 휴게소에 들른다. 한국의 중형마트나 슈퍼마켓을 연상시킨다. 판매 물품도 다양하다. 도착지는 관자령(關仔嶺) 온천장이다. 여느 온천장처럼 여러 개의 온천탕이 하나의 타운을 형성하고 있다. 많은 차량과 온천객들이 오간다. 11시 반부터 12시 40분까지 뿌연 화산재 물에 몸을 담갔다 꺼냈다 하면서 시간을 보냈다. 여러 명이 한꺼번에 들어가는 대중탕이 아니고 한두 명씩 들어가는 개인탕이다.

온천욕 후에 다시 고웅 시내로 들어와 시립미술관을 둘러본다. 5층으로 되어 있는데 제법 규모가 크다. 1984년 정식 개관한 후 관광 명소가 되었다 한다. 외부는 넓은 공원으로 각종 양식의 조각품이 자태를 뽐내고 내부에는 고전과 현대 미술품을 전시하고 있다. 미술품과 유명 서예가들의 작품 외에 마백수(馬白水) 화백의 특별 전시품을 감상한다.

이어 서자만(西子灣)으로 향한다. 쇼우산 서남단의 산록(山麓)에 위치하며 시내 중심부에서 자동차로 약 20분 거리다. 산을 등지고 바다에 임해 경치가 아주 볼만하다. 때마침 일몰이 장관을 이루고 어선들의 불빛이 아늑하게 다가온다. 이런 풍경이니 연인들이 바다를 바라보며 미래를 약속하기에 가장 좋은 곳으로 손꼽힐 수밖에 없지 않을까. 해수욕장으로도 유명하다던데 제철이 아니라 사람은 보이지 않는다. 해변에 작은 배들이 무수히 떠 있고 수평선이 끝없이 펼쳐져 있다.

그 건너편 계단을 따라 언덕 위로 올라가니 옛 영국 영사관 건물이 보인다. 대만에 현존하는 서양식 건축물 중 가장 오래된 것으로 알려져 있다. 태평양전쟁 때의 폭격과 광복 후에 태풍 피해를 심하게 입었으나 1986년 고증·연구하여 수리·복원하였다 한다. 현재는 정부 소속의 '고웅시 문화유적유물 전시관'으로 운영되고 있다. 이곳의 바다와 도시가 어우러진 밤 풍경 역시 또 다른 장관을 이룬다. 무수한 불빛, 시원한 바람, 경쾌한 음악, 불빛에 비치는 잔잔한 바다가 환상적 분위기를 자아낸다. 오래도록 머물고 싶은 충동이 인다.

내일이면 이곳을 떠난다. 그것은 일상으로 돌아간다는 의미다. 잠시의 해방과 무책임에서 다시 구속과 책임으로 돌아가는 것이다. 언제 또 이런 여유와 한가함을 맛보겠는가. 여행은 무엇을 구경한다기보다도 일상을 벗어나 여유를 누릴 수 있기에 좋은지 모른다. 떠나야 한다는 아쉬움에 일행은 22시쯤 숙소 앞 라이브 카페에 몰려간다. 제법 많은 손님이 희희낙락 먹고 마시며 즐거운 표정들이다. 주로 젊은 사람들이다. 우리가 그중 나이 든 축에 속한다.

아직 공연이 시작되기 전이라 이곳에서 지낸 각자의 소감을 들어보기로 한다. 한결같이 참 좋았다고 한다. 이러한 행사를 일회성으로 끝내지 말고 지속했으면 좋겠단다. 짧막한 기간이지만 모두들 유익하게 보냈다고 한다.

좀 있자 공연이 시작된다. 남성 4인조 그룹이 연주를 하고 한 명의 여가수가 노래를 부른다. 어디서 많이 듣던 곡이다 싶더니 원더걸스의 〈노바디〉다. 그 여가수는 웃으면서 한국 가수처럼 자연스럽게 노래한다. 대만 제2의 도시 고웅의 한 라이브 카페. 여기서조차 한국노래가 불려지고 있다니 얼마나 신통한 일인가. 더 놀라운 것은 좌석에 앉아 있는 관객들의 태도다. 몸을 흔들고 박수를 치며 좋아하고 흥겨워하면서 노래를 그대로 따라 부르지 않는가. 한류, 한류, 말은 많이 들었지만 이처럼 제대로 실감하기는 이번이 처음이다.

4인조의 연주자 그룹은 모두 은퇴하여 집에서 손주나 봐줄 나이들이다. 그런데도 밤늦게까지 퍽이나 진지하게 열심히 연주한다. 특히 기타 연주자의 제스처는 가히 일품이다. 기타를 치면서 취하는 행동은 하나하나가 독특하고 이색적이다. 연주에 완전히 몰두하는가 하면 어느 순간 장난기 어린 동작들을 선보인다. 절망적인 몸부림인가 하면 환호작약하는 모습이다. 절규하며 호소하는 듯한 표정인가 하면 함박웃음으로 희망찬 노래를 부르는 것 같기도 하다. 완전히 엑스터시의 상태다. 누가 뭐라든 혼신의 정열로 자신의 일에 매진하는 모습에 숙연해진다. 새벽 1시까지 구경하고 호텔로 돌아오다.

12월 28일 월요일 비.

귀국하는 날이다. 고웅에 도착하던 날 마중 나왔던 여성 두 분이 이번에도 학교 버스로 고속전철역까지 배웅해 준다. 고마웠다고 인사하는 우리의 손에 CD 한 장씩을 쥐어준다. 그동안 우리의 행적을 사진으로 찍고 그것을 다시 CD에 담은 것이다. 13시14분 타이베이의 도원역에 도착하니 주룩주룩 비가 내린다. 다시 버스로 도원공항에 도착. 평일이라 출국 수속을 지체 없이 한다. 15시 출발. 두 시간 만에 김해공항에 도착한다. 한국 시각 18시. 소낙비는 볼 수 없는 대신 엄청난 추위가 기다리고 있다. 떠날 때와 마찬가지로 사방은 완전히 어둠으로 덮여 있다. 여기서 일행은 내일을 위해 뿔뿔이 흩어진다.

　사실 남에게 대접받는다는 것이 얼마나 신경 쓰이는 일이냐. 그 사실을 잊고 있지 않았던가. 잊은 것은 그것만이 아니다. 출발할 때의 근심·걱정은 진작 잊었다고 하지만 나이마저도 까맣게 잊고 있었던 것이다.

(천안문학, 2010. 12)

제5부

수필로 쓰는 수필론

　　언젠가 어느 문예잡지에 글 한 편을 발표한 적이 있다. 그
것을 읽은 동료가 "곽 선생, 미셀러니 한편 발표하셨더군요." 한다.
그의 지론은 수필을 에세이(essay)와 미셀러니(miscellany)로 나누는데,
전자가 정통 수필이라면 후자는 신변잡기라는 것이다. 그는 나의 글
이 수필의 본령인 에세이에 속하지 못하는 신변잡기라는 것을 은근히
강조하면서 비난하는 것이다.

　　수필을 쓴다면서 이 문제에 민감한 반응을 보이는 사람이 의외로
많다. 이들 중 대다수는 서정수필이나 격조 있는 글을 써야 한다면서,
신변잡기를 얼른 떨쳐버릴 무슨 벌레처럼 생각한다. 이들은 하나같이
자신의 주변에서 벌어진 잡다하고 사소한 이야기를 수필이란 이름으
로 욕되게 하지 말라고 주문한다. 수필은 붓 가는 대로 마음 가는 대
로 자유롭게 써내려가는 글이라고 주장하면서도 신변잡기는 안 된다
는 것이다.

이들의 주장이 전혀 옳지 않은 것은 아니다. 그러나 수필은 문학의 한 종류이기 때문에 지나치게 경직된 사고로 대해서는 안 된다고 생각한다. 먼저 우리에게 잘 알려진 피천득의 「수필」을 예로 들어보자. 이 작품은 고등학교 국어 교과서에 실린 유명한 글이다.

> 수필은 청자 연적이다. 수필은 난이요, 학이요, 청초하고 몸맵시 날렵한 여인이다. 수필은 그 여인이 걸어가는, 숲 속으로 난 평탄하고 고요한 길이다. 수필은 가로수 늘어진 포도가 될 수도 있다. 그러나 그 길은 깨끗하고 사람이 적게 다니는 주택가에 있다.

수필이 어떠한 글인가를 피천득은 예리한 안목으로 설명해 준다. 이것으로도 부족하여 뒤따르는 글에서 "수필은 마음의 산책이다." "수필의 빛은 비둘기 빛이거나 진주빛이다." "수필은 독백이다." 등등 좀 더 부연한다. 이러한 견해에 대해 그렇지 않다고 이의를 제기할 사람은 없을 것이다. 그런데 다음처럼 정반대로 바꾸어도 역시 이의를 제기할 사람이 없을 것이라고 어떤 문학평론가가 주장한 적이 있다.

> 수필은 청자 연적이 아니다. 수필은 난이 아니요, 학이 아니요, 청초하고 몸맵시 날렵한 여인이 아니다. 수필은 그 여인이 걸어가는, 숲 속으로 난 평탄하고 고요한 길이 아니다. 수필은 가로수 늘어진 포도가 될 수도 없다. 그러니 그 길은 깨끗하고 사람이 적게 다니는 주택가에 있지 않다.

이 글은 "수필은 이런 것이다." 하고 규정짓는 경직성에서 벗어나야 한다는 것을 암시해준다. 수필의 본질 자체가 획일적이지 않고 융통성 있고 개방되어 있어 다양한 면모를 지닐 수 있다는 것이다. 따라서 결론은 명약관화하다. 서정수필이니 신변잡기니 에세이니 미셀러니니에 집착할 필요가 없다는 것이다.

군이 따지자면 감명과 감동의 여부에 초점을 맞춰야 할 것이다. 수필의 생명은 감명과 감동이라고 해도 과언이 아니다. 서정수필이니 에세이니 하면서 감명과 감동을 주지 못한다면 무슨 가치가 있을까. 다음에 역시 피천득의 잘 알려진 「인연」이란 수필의 한 부분을 읽어보자.

> 지난 사월 춘천에 가려고 하다가 못 가고 말았다. 나는 성심여자대학에 가보고 싶었다. 그 학교에 어느 가을 학기, 매주 한 번씩 출강한 일이 있다. 힘드는 출강을 한 학기 하게 된 것은, 주 수녀님과 김 수녀님이 내 집에 오신 것에 대한 예의도 있었지만 나에게는 사연이 있었다. 수십 년 전 내가 열일곱 되던 봄, 나는 처음 동경(東京)에 간 일이 있다. 어떤 분의 소개로 사회 교육가 미우라(三浦) 선생 댁에 유숙을 하게 되었다. 시바꾸 시로가네(芝區白金)에 있는 그 집에는 주인 내외와 어린 딸 세 식구가 살고 있었다.

처음부터 끝까지 이런 스타일의 이 글은 누가 봐도 신변잡기에 속한다. 그러나 많은 감명과 감동을 주어 인구에 회자되고 있다. "작품에 내재한 그리움과 애틋함의 정서는 말로 표현하기 힘든 경지에 이르렀다."고 칭찬받은 작품이다. 다음은 철학자이자 훌륭한 수필을 많이 쓴 김형석의 「아름다운 인생을」의 한 부분이다.

> 세계는 아름다움으로 가득 차 있다. 조화가 있고 질서가 있는 곳
> 에는 언제나 아름다움이 있다. 그래서 자연은 어디를 뜯어보아도 아
> 름답다. 파란 하늘을 수놓은 구름, 강으로 흐르는 맑은 시냇물, 피어
> 오르는 꽃들과 열매, 하늘을 나는 새들과 나비, 어느 하나도 아름답
> 지 않은 것이 없다. 그 속에 사는 인간들도 자연히 아름다워야 한다.
> 또 아름답도록 되어 있다. 특히 여성들은 아름다워야 한다. 여성은
> 아름다움을 위해 산다고 보아도 좋을 정도로 미(美)를 아끼고 있기
> 때문이다.

이 글은 당연히 에세이이며 서정수필에 속한다. 공감이나 감명을
주는 면이 전혀 없지 않지만, 그럼에도 불구하고 자칫 식상하거나 상
투적인 느낌이 없지 않다. 핵심 없는 내용을 요설로 이끌고 갈 염려
또한 없지 않다.

그렇다고 여기서 신변잡기나 미셀러니를 적극 옹호하려는 생각은
추호도 없다. 또 이것들은 독자에게 감명과 감동을 주고, 서정수필이
나 에세이는 그렇지 않다고 주장하려는 의도는 더더구나 없다. 어떤
종류의 수필이건 간에 읽는 이로 하여금 감명과 감동을 불러일으키면
훌륭한 작품이 될 수 있다는 것을 말하고 싶을 뿐이다.

대학의 교직 과목 시간에 학생들에게 교사의 위치에서 고등학교에
서의 수필 수업을 담당하게 한 적이 있다. 그들은 한결같이 "수필을,
신변잡사를 소재로 한 감상의 자유로운 토로라 인식하는, 널리 퍼져

있는 오해로부터 수필 교육을 끌어내야 한다."고 역설하고 있다. 고등학생들이 수필을 쓸 때 신변잡사를 배제하고 훌륭한 글을 써야 한다고 강조하고 있음에 틀림없다.

그러고 보니 아마도 고등학교 국어 교과서나 참고서에 이런 식의 주장이 많았던 모양이다. 그들은 널리 알려져 있는 교과서나 참고서를 참고했을 터이니 말이다. 그러나 과연 고등학생들이 자신들의 신변잡사를 떠나 어떤 글을 수필이라고 쓸 수 있을지 매우 의심스럽다. 그것이 가능한 일이기나 한지도 모르겠다. 이런 경우 차라리 신변잡기라도 좋으니 어떤 것에도 구애받지 말고 열심히 글을 써서 많은 사람들을 감동시키라고 주문하는 것이 옳지 않을까.

(천안문학, 2007. 6)

문학은 개방된 영역

몇 명의 소설가와 술자리에서 어울릴 기회가 있었다. 간단히 인사를 나눈 뒤 분위기가 무르익어 갈 무렵 누가 술을 권했다. 그 사이 몇 잔 마셨기에 사양했다. 전에 위장병을 심하게 앓은 경험이 있고, 그 원인이 술이라는 진단을 받았기 때문에 조심하던 중이었다. 사양하자 그는 매우 실망한 표정으로 말했다.

"아니, 현대문학 한다는 사람이 술도 못 마신다니 말이 됩니까?"

그러자 이번에는 다른 이가 담배를 권했다. 담배를 몹시 싫어하고 또 이때까지 피운 적이 없으므로 역시 거절했다. 그는 놀라는 기색으로 말했다.

"아니, 현대문학을 한다는 분이 담배도 못 피십니까?"

이들 말처럼 술을 마시고 담배를 피워야만 문학을 할 수 있는 것인가. 술과 담배를 거부하면 문학은 할 수 없는 것인가.

물론 그들이 말하는 문학과 내가 전공하는 문학 사이에는 다소 차이가 있을 수 있다. 그들은 내가 전공하는 문학이 연구 분야임에도 불구하고 창조 행위로 착각했는지 모른다. 또 그들이 말하는 술과 담배가 문란과 퇴폐를 뜻하는 것은 결코 아닐 것이다. 현대문학의 전공자라면 어느 정도의 낭만과 정서는 있을 테고, 그럴진대 술과 담배는 필수품이지 않겠느냐는 의미일 것이다. 융통성 없고 원리·원칙이나 따지는 사람이 대체로 술과 담배를 기피하고, 그처럼 경직되고 고지식한 사람이 현대문학을 전공하는 것은 어울리지 않는다는 뉘앙스가 그 말속에 포함되어 있음은 물론이다.

이렇게 이해하면서도 이들의 주장에 쉽게 공감할 수 없는 것은, 문학을 누구는 할 수 있고 누구는 할 수 없다는 논리가 납득되지 않기 때문이다. 이것은 문학을 대충대충 가볍게 대해도 된다는 말이 아니다. 심혈을 기울여 진지하게 접근해야 되겠지만 선택된 사람만의 전유물이어서는 안 된다는 말이다.

나는 문학을 한답시고 거드름을 피우는 사람을 싫어한다. 문학을 한다고 과시하면서 해괴한 언행을 일삼는 사람은 더욱 못마땅해 한다. 문학은 누구나 할 수 있는 것이지 어느 특정인만이 할 수 있는 것이 아니라는 생각이다. 누구에게나 개방되고 향유되는 것이지, 특정한 사람만이 종사하고 소유하는 것이 아니라는 것이다. 모든 분야에서처럼 문학 역시 누구에게나 제한이 없다는 생각이다. 아니 오히려 다른 분야에 비해 더 포용력이 있다고 본다.

'문학이란 무엇인가'를 학생들에게 가르치면서 당황할 때가 한두 번이 아니다. 학생들의 사고는 더욱 과학적이고 합리적이며 논리적으로 되어가는데, 문학은 아무래도 그런 식으로 설명되지 않기 때문이다. 문학은 이것이기도 하고 이것이 아니기도 하며 또 저것이기도 하고 저것이 아니기도 하다. 문학 작품은 이렇게도 평가할 수 있고 저렇게도 해석할 수 있다. 문학은 형식이 중요하고 내용도 마찬가지다. 순수문학도 참여문학도 다 함께 중시되어야 한다. 따라서 어느 한쪽으로 치우치는 문학적 태도는 배격해야 한다. 이렇게 말했을 때 과연 몇 명의 학생이 수긍할 것인가.

이러한 문학적 현상을 나는 좋아한다. 이것은 다른 말로 하면 문학이 경직되어 있지 않고 유연함으로 개방되어 있다는 의미다. 한마디로 딱 떨어지는 정답 없이 여러 각도로 작품을 바라볼 수 있다는 말이다. 그리고 보면 나의 문학관은 '융통성 있게 대해야 할 어떤 것'이 될 터이다. 따라서 문학은 누구든지 자유로이 접근해서 생각하고 판단할 수 있는 열려 있는 영역이라고 보고 싶다.

(문학공간, 2002. 1)

저작권은 당연히 보호되어야겠지만

21세기는 지식정보화 시대이므로 그 어느 때보다 저작물이 삶에 크게 작용할 것이다. 따라서 저작자는 자신의 창작물을 인정받고 그 가치를 보존하고자 하는 경향이 더욱 강렬해질 것이다. 당연히 문화 산물로서의 이 저작물은 재산적 가치도 커지게 되고, 그에 비례하여 이에 대한 권리, 즉 저작권도 더욱 강화되고 보존되어야 할 것이다.

저작권을 주장할 수 있는 대상은 크게 두 가지로 나눌 수 있다. 저작물과 저작인접물이 곧 그것이다. 저작물은 인간의 사상·감정을 문자나 소리 혹은 그림이나 영상 등으로 다양하게 표현한, 어문·음악·연극·미술·건축·사진·영상·도형·컴퓨터프로그램·편집물 등으로 창작성(독창성)이 있는 것을 말한다. 저작인접물은 저작물의 구현과 제작에 따르는 일정한 노력에 의해 산출된 실연·음반·방송 등을 일컫는다.

이 저작권은 그 중요성이 충분히 인정되고 법적으로 제도화되었음에도 불구하고 아직도 제대로 보호받고 있지 못하는 실정이다. 저작물 전반에 걸친 불법 복사 및 복제의 심각한 실태가 이를 잘 말해준다. 그 단적인 예를 대학가에서 짚어보자. 그것의 대상은 학술서적이고 그중에서도 교재류가 압도적일 것이다. 이럴 경우 교재를 출판하는 출판사의 운명은 불을 보듯 뻔할 것이다. 오죽하면 최근 법문사·박영사 등 5백여 학술서 및 대학교재 출판사들이 "지적소유권에 대한 대학 사회의 불감증에 인내의 한계를 느꼈다."며 출판 중단을 선언하고 나섰을까.

부연하면 2001년 11월 대한출판문화협회·한국문예학술저작권협회·한국복사전송권관리센터 등 6개 단체는, 공동기자회견을 갖고 대학가를 중심으로 한 불법 복제·복사에 정부의 획기적인 조치가 취해질 때까지 학술도서의 출판을 무기한 중단하고, 2001년 12월 31일까지 5백여 출판사의 등록증을 반납하겠다고 밝혔다.

이들 출판업계의 주장은 1천여 곳이 넘는 대학가 주변의 복사점들이 고성능 복사기로 학술도서와 대학교재를 불법 복사·복제한다는 것이다. 그 결과 1천 부가 손익분기점인 학술도서의 70~80부 정도만이 판매되고 나머지는 반품되는 실정이란다. 2000년 7월부터는 '한국복사전송권관리센터'를 만들어 단속을 하고 있지만 사법권이 없어 별다른 대책이 없단다.

나는 이러한 현실을 우려하고 출판업계가 취한 일련의 조처에 대하여 어떠한 비난도 할 생각이 없다. 시대가 변했으니 저작권에 대한 인식을 새롭게 하여 불법 복사와 복제는 범죄행위라는 사실을 깨달아야 하기 때문이다.

한편, 출판업계에 맞서 전국의 1천여 복사업체들은 가칭 '전국 Copy & Printing 센터협회'를 결성하고, "출판사들이 한국복사전송권관리센터를 중심으로 복사업체들에 무자비하게 단속을 실시해왔다."고 반발한다. 복사업체들은 이 단체와 계약을 맺고 복사 범위를 저서의 5% 이내로 한정하고, A4 용지 1장당 5원의 저작권료를 내고 복사해 왔다고 한다. 대부분의 복사업체들이 영세한 점을 감안하면 저작권료를 내는 것도 큰 부담이며, 복사 허용 범위를 책의 5%로 제한하는 것도 가혹한 조치라고 주장한다. 절판된 책은 책 전체를 복사할 수밖에 없는 경우도 있을 수 있는데, 이를 무시하고 복사 허용 범위를 일률적으로 정하는 것도 무리라는 것이다. 이들의 반발과 주장에도 충분한 이유가 있다고 본다.

출판업계의 비난에도 불구하고 복사업계가 우리의 학문과 문화 발전에 큰 몫을 담당해 왔음은 부인할 수 없다. 지금과 같은 지식정보 사회에서는 저작물을 모든 국민들이 이용할 수 있도록 하여야 하고, 그간 이것의 가장 손쉬운 방법을 복사점에서 찾았기 때문이다. 더구나 경제 사정이 점차 악화되고, 최근 5년 사이에 학술도서의 값이 45% 인상되어 소비자들의 부담이 커진 상태에서는 더욱 그렇다.

출판업계는 무조건 복사업계를 비난할 것이 아니고, 새로운 대책을 마련해야 할 것이다. 소비자가 특정 서적의 특정 부분의 복사를 부탁할 경우, 복사업자(출력업자)는 저작권료를 받아 저작권자에게 넘겨

준 뒤, 복사를 허용하는 것도 한 방법일 것이다. 다시 말해 복사업자가 소비자에게 소정의 저작료에 해당하는 비용을 받고 내용을 프린트해 주는 방식이다. 이 경우 저작권도 보호하고 소비자도 편리할 것이다.

따라서 출판업계에서 말하듯 그들의 불황을 복사업계의 탓으로만 돌려서는 안 된다. 복사업계도 어렵기는 마찬가지다. 아마도 인터넷의 발달이 이 두 업계의 불황에 크게 작용한 것 같다. 누구나 쉽게 인터넷에서 자료를 찾아 복사해 사용하기 때문이다. 이런저런 경우를 생각하여 출판업계와 복사업계는 서로를 이해하고, 다 같이 발전하기 위해 함께 노력해야지, 어느 한쪽을 매도하고 비난해서는 안 될 것이다.

(시림, 2002. 3)

교양을 위한 도서

교양(敎養, culture)이란 무엇인가. 사전에 기대면 ① 학문·지식 등에 의하여 생겨난 품위(品位) ② 문화에 관한 광범한 지식을 쌓아 길러지는 마음의 윤택함 등으로 되어 있다. 한마디로 말하여 지식으로 얻어지는 마음의 풍요로움이라 할 수 있다. 그렇다면 교양을 기르는 방법은 여러 가지일 것이다. 가령 예술 작품을 감상한다든지 종교에 귀의하여 심신을 수련하는 것도 한 방법일 것이다. 그중에서 무엇보다 용이한 것이 독서일 듯하다. 독서를 통해 지식과 경험을 확대하고 인격을 도야할 수 있기 때문이다.

독서라고 했지만 그 많은 책 중에서 어느 것을 읽어야 할지 망설여진다. 책은 우선 재미있게 읽어야 한다. 처음 손에 잡는 순간부터 놓기가 싫을 정도로 재미있어야 한다. 훈계성 논조나 현학적 내용은 책을 멀리하게 한다. 재미가 없으면 아무리 유익한 책이라도 읽을 마음이 내키지 않는다. 여기서 말하는 재미는 저속한 것이 아니라 고상하고 지적인 것을 일컫는다. 재미에 푹 빠져서 읽다 보면 자기도 모르는 사이에 자신을 돌아보고 인생을 생각하게 된다. 이것이 곧 교양을 넓히는 길이 아니겠는가. 교양을 넓히는 데 도움을 줄 수 있는 도서 몇 권을 추천해 본다.

김승옥의 『무진기행』(동아출판사, 1995): 한국일보 신춘문예 당선작인 「생명연습」, 대학생 소설로 널리 알려진 「환상수첩」, 동인문학상 수상작 「서울 1964년 겨울」, 이상문학상 수상작 「서울의 달빛 0장」을 비롯하여 「건」 「역사」 「무진기행」 「차나 한잔」 「다산성」 「염소는 힘이 세다」 「60년대식」 「야행」 등의 작품이 실려 있는 소설집이다. 한글 1세대의 대표주자라고 불리는 저자의 소설집이기 때문에 우리말의 아름다움을 한껏 살리고 있다. 특히 청소년들은 '감수성의 혁명'으로 불리는 김승옥 소설의 젊은 주인공들을 통해 사랑이란 무엇인지, 젊음이란 무엇인지, 더 나아가 인생이란 무엇인지 생각하게 될 것이다.

조세희의 『난장이가 쏘아올린 작은 공』(문학과 지성사, 1978): 「뫼비우스의 띠」 「칼날」 「우주여행」 「난장이가 쏘아올린 작은 공」 「육교 위에서」 「궤도회전」 「기계도시」 「은강노동 가족의 생계비」 「잘못은 신에게도 있다」 「클라인씨의 병」 「내 그물로 오는 가시고기」 「에필로그」 등의 소설이 실려 있다. 각각의 작품이 독립되어 있으면서 그들이 모여 전체적으로 한편의 장편소설을 이루는 연작소설이다. 따라서 이 책을 읽으면 12편의 단편소설과 1편의 장편소설을 읽는 셈이다. 1970년대 산업화의 영향이 어떠했는가 하는 시대 인식과 계층 문제, 더불어 서정과 서사의 조화, 저자의 독특한 담론 등을 대할 수 있다.

초판본 이후 100쇄를 돌파할 정도로 많이 읽히는 스테디셀러이다.

법정의 『오두막 편지』(이레, 2000): 저자는 "이 책을 대하는 이마다 마음에 위로와 평안을 얻었으면 한다."고 말한다. 그의 말이 아니더라도 이 책을 읽고 나면 마음에 위로와 평안을 얻게 된다. 남보다 앞서 출세하고 더 많은 재산을 모으고 좀 더 호화롭게 살겠다고 발버둥치는 사람들이 이 책을 읽으면 어떻게 생각할까 궁금해진다. 세속의 욕망에 사로잡혀 내닫는 사람들에게 그것이 얼마나 부질없고 하잘 것없는 짓인지 일깨워주기에 충분하다. 1999년 12월 초판을 찍은 뒤 5개월도 채 안 돼 14쇄를 펴낸 책이다.

이어령의 『흙 속에 저 바람 속에』(문학과 지성사, 2003): 『경향신문』(1962. 8. 12~10. 24)에 연재한 글을 모은 초판본(1962. 12)에, 부록으로 「흙 속에 그 후 40년 Q&A」를 첨가하여, 더 풍성한 읽을거리를 제공하는 책이다. 이 책이 발간된 후 약 40여 년 동안 250만 부가 팔렸다고 한다. 동양과 서양, 과거와 현재, 생물과 무생물 등 지역과 시대와 대상을 넘나들며, 무궁한 재료들로 구성된 다양한 이야기가 꽉 차 있는 박물학의 진열장이라 할 수 있다. 여기서는 지면의 제약으로 이 한 권의 책만을 소개했지만, 이 책 외에도 이어령의 수많은 저서 어느 것 하나 위트와 유머, 기지와 재치, 해박한 지식으로 넘쳐나지 않은 것이 없다. 시간이 허용하는 한, 아니 되도록이면 그의 모든 저서를 읽었으면 한다.

신영복의 『감옥으로부터의 사색』(돌베개, 1998): 정치경제학·한국사상사·동향철학 등을 대학에서 강의할 정도로 박학다식한 저자가,

1968년 통일혁명당 사건으로 구속되어 무기징역형을 선고받고, 20년 20일을 복역하면서 쓴 편지다. 편지글인 만큼 대체로 분량이 짧아 읽기에 부담이 적다.

폐쇄된 공간, 특수한 공간이라고 할 수 있는 감옥에서 쓴 글이기 때문에 평범한 일상에서 접할 수 있는 글과는 차이가 있다. '가장 고통스러움 속에서 나오는 평화의 메시지로서, 인간의 마음 가장 깊은 곳에 가닿는 조용한 호소력' '우리 시대의 고뇌와 양심'이라고 평가받은 책이다. "심금에 와 닿는다" "울었다."고 한 이 책의 독후감에 수긍이 간다.

일연의 『삼국유사』(권혁률 옮김, 녹두, 1997): 우리나라 고대 역사와 문화를 잘 알려주는 대표적인 고전이다. 우리 조상들의 사상과 감정을 알려주기에 더없이 좋은 책이다. 이만큼 재미있고 신기한 이야기들을 간직하고 있는 책이 얼마나 될까. 이야기의 보물창고라 할 수 있다. 우리의 고대 역사나 문화 외에 문학 · 언어학 · 민속학 · 종교학 · 고고학 · 지리학 등의 귀중한 자료도 포함하고 있다고 하겠다.

추천하고 보니 두 권의 소설집과 세 권의 수필집 그리고 한 권의 역사서이다. 이 책들은 문학 공부나 재미만을 위해 읽는 것이 아니다. 인간을 탐구하고 인생을 공부하는 데 이 책들만큼 중요한 교재도 없다. 이들을 정독하여 교양의 깊이를 더하기 바란다.

(시림, 2007. 3)

황소 지붕 위로 올리기

인간의 삶이란 무엇인가. 아니 이런 원론적인 질문이 아니라도 좋다. 우리네 '인간살이'란 과연 무엇인가. 어쩌면 그것은 다람쥐 쳇바퀴 돌리듯 반복되는 일상사 같기도 하다. 아니 남편과 아내가 함께하는 긴 여행이 아닐까. 문제는 누구나 경험한 바 있듯 그 여행길이 결코 순탄치만은 않다는 사실이다. 때로는 험난한 여정이 되기도 하고, 때로는 위기가 따르는 고행길이 될 수도 있다.

가령 자동차로 여행할 때, 길을 잘못 들거나 그 차가 고장나 멈추기도 할 것이다. 예상 못한 접촉사고로 상대방과 실랑이를 벌이기도 하고, 본의 아니게 법규를 위반하여 경찰에 단속되기도 할 것이다. 우리의 살림살이도 이에서 크게 벗어나지 않을 듯싶다. 그렇다고 가던 길을 포기할 수는 없다. 멈추거나 그만둘 수는 더더구나 없는 일이다. 그것은 운명적으로 주어진 현실이기 때문이다.

따라서 삶이 고통스럽고 괴롭더라도 야속해하거나 그 책임을 놓고 다투거나 언성을 높일 필요는 없다. 그것은 누구의 잘못에서 야기된 것도 아니고 누구를 탓할 일도 아니다. 생각하기에 따라서는 별 것 아닌 일이고 아무것도 아닌 일이다. 그렇다면 남편과 아내는 서로를 따뜻한 눈빛으로 바라보며 격려해 주자. 지금보다 조금만 더 행복을 느끼며 살 수 있도록 하자.

〈황소 지붕 위로 올리기〉는 극작가 김동기의 창작 희곡으로, 연출가 이금수에 의해 경주 시립극단에서 2007년 4월에 공연한 작품이다. 한 때 실직한 가장(남편)과 그를 곁에서 지켜보는 아내의 갈등과 애증을 통해 위와 같은 메시지를 전해준다. 남편과 아내는 한번쯤 샛길로 빠질 위기를 맞기도 하지만, 자식들을 끈으로 흩어짐 없이 가정을 이끌어 나간다.

이들은 현재의 틀에 박힌 생활에서 심기일전을 기하기 위해 불국사 여행길에 오른다. 하지만 순탄치 못하다. 그들은 티격태격하기도 하고, 웃거나 울어야 할 상황에 처하기도 하며, 길이 막혀 지체하기도 하고, 막혔던 길이 뚫려 내달리기도 한다. 그 사이 실수를 연발하기도 하고 여러 가지 사건도 겪게 된다. 이 작품은 이러한 여행길을 통해 삶이 결코 순탄치만은 않다는 사실을 암시한다.

등장인물 남자가 다역(多役)으로 분장하여 보여주는 개개인의 모습을 통해 인간은 다면성을 지니고 있음을 강조하기도 한다. 이와 함께 사람은 누구나 장단점을 가지고 있고 나름으로 사연이 있다는 점을 보여준다. 따라서 우리는 살아가면서 여러 종류와 계층의 사람들을 만나지만 그들을 편견을 가지고 대해서는 안 된다는 것이다. 그 예를 등장인물 교사에게서 만날 수 있다. 교사는 남주인공(이달석)에게 무지막지하게 폭력을 휘두르는 미친개 같은 인물이지만, 한편으로는 큰 은혜를 베푸는 '하늘 같은 선생님'이다.

이 인물들은 우리 주변에서 흔히 만나게 되는 이웃들이다. 이런 사람들의 소박한 삶의 이야기이기 때문에 이 작품은 우리에게 친근히 다가온다. 여기에 관객들을 향한 대사, 시와 노래의 삽입, 일인 다역의 변신 연기 등이 유머러스한 대화들과 어울려 극적 상상력을 자극하고 재미를 더해준다.

요즈음은 북핵이니 대권이니 하는 거대담론이 주류를 이루거나, 부동산이니 재태크니 하는 자본논리가 대세를 이룬다. 때문에 이 연극이 한층 우리의 공감을 사고 감동을 불러일으키는지 모른다. 그렇다고 국가의 당면 과제를 완전히 비켜나 있는 것도 아니다. 쌍둥이 자식의 이름을 '조국'과 '통일'로 지은 것이 이를 말해준다.

남편 된 자와 아내 된 자들이여! 힘겹고 틀에 박힌 삶에서 다만 얼마간이라도 해방되어 즐거운 여행도 하고 야호도 외쳐가며 사랑해보자. 지금의 삶이 재미없고 시시하고 우울하고 슬프더라도 서로 이해하고 감싸주면서 행복을 맛보도록 하자. 허황한 황금돼지를 꿈꾸지 말고 한 집안의 대들보이자 가장인 황소를 지붕 위에 올리도록 하자. 그가 사자처럼 포효할 수 있도록 기를 살려주자. 마음속의 성지는 우리의 보금자리 곧 우리 집이 아니겠는가. 그 성지를 지켜줄 자는 결국 우리의 황소가 아니겠는가.

제20회 전국 연극제에서 〈아비〉로 호흡을 맞춰 금상을 획득한 김동

기와 이금수가 아닌가. 그 저력을 바탕으로 펼치는 환상의 무대를 이
제부터 만끽해보자.

〈황소 지붕 위로 올리기〉 연극 팸플릿, 2007. 4)

덧없는 세월에 마음을 빼앗기고

「가락지 이야기」를 읽고

     정순진 교수의 수필 「가락지 이야기」는 짧은 글이면서 긴 여운을 주며, 가벼운 글이면서 깊게 가슴에 와 닿는다. 분량이 적으면서도 과거 20년 전과 미래의 20년 후를 그린다는 점에서 긴 이야기가 되고, 작가의 신변에 관한 것이기 때문에 가볍게 읽히지만 깊은 인생의 의미가 포함되어 있기 때문이다.

  수필은 일반적으로 에세이와 미셀러니로 나눈다. 에세이가 철학적·사색적·관념적이라면 미셀러니는 신변잡기적·주관적·체험적이다. 따라서 에세이에서 수필의 진수를 발견하려는 사람들은 미셀러니를 아예 한 수 아래로 격하시켜 생각하려 한다. 개인의 체험은 경험한 당사자에게는 어떤 의미와 절실함으로 다가올지 모르지만, 타인에게는 그 같은 농도로 전달된다는 보장이 없다는 것이다. 하지만 수필을 대하면서 그렇게 제한을 두는 것은 바람직스럽지 않다. 감동을 불러일으키고 공감을 얻을 수 있다면 에세이보다 미셀러니가 오히려 독자들에게 선호될 것이다. 작가의 신변 이야기는 읽기가 수월하고 작가에게 한층 친근감이 느껴지는 까닭이다.

「가락지 이야기」는 작가의 체험담에 속한다. 그럼에도 불구하고 독자에게 감동을 불러일으킨다. 미셀러니도 훌륭한 수필이 될 수 있음을 보여준 좋은 예다. 이것은 작가의 상상력과 문장력, 삶에 대한 성실한 자세에 기인한다. 작가의 상상력 속에서 가락지는 '사랑하는 사람의 풍요로운 마음의 상징'이 되는가 하면 '들숨을 따라 들어와 영혼에 끼워져 사랑의 빛'이 되기도 한다. '넘실거리는 깊고 푸른 생명의 바다'가 되기도 한다. 사소하고 하찮은 것에서 큰 의미를 발견할 수 있는 마음의 섬세함. 이것은 '한 송이 꽃에서 우주를 발견하는' 시인을 연상시키는 태도다.

우리는 이 작품을 읽고 이 작가에게 무한한 신뢰를 보내게 된다. 아울러 삶에 불어닥친 가난과 역경과 고난에 대해 좌절하지 않고 슬기롭게 극복해 나가는 자세에서 인간적 성실성도 발견하게 된다. 진정한 사랑과 행복과 부부애가 무엇인가를 배우기도 한다. 사치와 허세, 낭비와 과소비가 경제의 위기를 야기시켰다고 훤자(喧藉)되는 요즈음이기에 이 작품은 더욱 절실하게 가슴에 와 닿는지 모른다.

(1995. 6)

제6부

주례사

황금 같은 일요일 여러 가지 계획들을 다 접어두시고 신랑·신부의 결혼을 축복해주기 위하여 찾아주신 내빈 여러분께 진심으로 감사의 말씀 올립니다.

저희 집안과 신랑의 집안은 20년도 훨씬 전에 이웃사촌으로 만났습니다. 그 후 지금까지 어디에 이사를 가 살든 가깝게 지내고 있습니다. 특히 신랑을 어린 시절부터 이렇게 장성하기까지 옆에서 지켜보아온 저로서는 감회가 무량할 뿐입니다. 그런 인연으로 제가 이번에 주례를 맡는 영광을 갖게 되었습니다.

신랑은 4년제 대학에서 공학을 전공하였습니다. 그리고 그 전공에 맞춰 우리나라 일류 기업체에 취업해 있습니다. 장래가 아주 촉망되는 청년입니다. 신부 역시 4년제 대학에서 열심히 공부하여 사회복지 분야의 국가공무원이 되었습니다. 전도가 양양한 인재입니다. 잘 알고 계시다시피 요즈음은 그야말로 취업하기가 매우 어려운 시기입니다. 그럼에도 불구하고 신랑과 신부는 당당히 대기업의 사원이며 국가의공무원이 되었습니다. 모두들 부러워하는 한 쌍이 아닐 수 없습니다.

이제 새 출발을 하는 신랑·신부의 앞날에 무궁한 영광과 행복이 늘 함께하기를 기원하면서 인생의 선배로서 몇 가지 당부 말씀을 하겠습니다.

신랑과 신부는 사랑으로 만났습니다. 그리고 평생의 동반자가 되었습니다. 함께 한 가정을 이루어 나가게 되었습니다. 그렇지만 두 사람이 한 가정을 이루고 살아간다는 것이 그렇게 생각처럼 간단하지는 않습니다. 두 사람은 각기 살아온 환경이 다릅니다. 생활 습관도 다릅니다. 성격도 다릅니다. 이 다른 점을 서로 적응하는 데 적어도 7년이 걸린다고 합니다. 독일 격언에 이런 말이 있습니다. "결혼하기는 쉽지만, 가정을 꾸려가기는 어렵다." 그렇습니다. 누구나 결혼하기는 쉽습니다. 하지만 모든 사람이 다 가정을 잘 꾸려갈 수는 없습니다. 훌륭한 가정을 이루려면 신랑·신부가 서로 이해해주고 서로 돕고 서로 이끌어줘야 합니다. 이제는 한발 더 나아가 서로 존중하고 서로 격려하고 서로 협력해야 합니다. 그래야만 부부간에 믿음이 생기게 됩니다. 믿음이 바탕이 되어야만 원만한 가정을 꾸려갈 수 있습니다.

그 다음 양가의 부모님을 공경하고 형제간에 우애를 돈독히 해야겠습니다. 생업에 종사하고 자신의 일에 신경을 쓰다 보면 가족들을 소홀히 하기 쉽습니다. 그러나 살아가다 보면 가족이 가장 소중하다는 것을 깨닫게 됩니다. 신랑·신부는 살아가면서 많은 사람들과 만나고 헤어지게 될 것입니다. 그러나 양가의 부모님과 형제들은 이처럼 만났다 헤어졌다 하는 사람들이 아닙니다.

한평생 머리를 맞대고 살아가야 합니다. 누구보다도 끈끈한 정으로 맺어져야 할 사람들입니다. 내가 부모님을 잘 섬기고 모실 때 내 자식도 나를 존경하게 됩니다. 자식에 대한 교육을 위해서도 부모님을 공경하고 보살펴드려야 할 것입니다. 형제들에게도 너그럽게 대해야 할 것입니다. 어려울 때 진정 나를 도와줄 수 있는 사람은 형제들이기 때문입니다.

다음으로 건강을 결코 소홀히 해서는 안 됩니다. 대체로 젊은 사람들은 패기만을 믿습니다. 그래서 건강을 소홀히 하는 경향이 있습니다. 몸을 돌보지 않고 일만 해도 건강에 좋지 않습니다. 부부가 건강할 때 가정에 평화와 행복이 넘치게 됩니다. 건강하지 못하면 부모님께 걱정을 끼쳐 드립니다. 주위 사람들에게 심려를 끼칩니다. 몸과 마음과 정신이 모두 건강해야 합니다. 그래야만 모든 일에 충실할 수가 있습니다.

한자를 보면 사람 인(人) 자는 두 획이 서로 의지하여 이루어져 있습니다. 한 획은 남자를 가리키고, 다른 한 획은 여자를 가리킨다고 합니다. 사람은 이처럼 남자와 여자가 짝으로 만나야 사람 구실을 한다고 합니다.

신랑·신부 두 사람은 각기 훌륭한 짝을 찾았습니다. 앞으로는 발전을 향하여 전진하는 일만 남았습니다.

지금까지 새 출발을 하는 신랑·신부에게 세 가지를 당부했습니다.

이제는 내빈 여러분께 한 가지 부탁 말씀 올리겠습니다. 이 두 사람은 사회 생활 전반에 여러 가지로 미숙한 점이 있을 것입니다. 내빈 여러분들께서는 두 사람의 결혼을 축복하는 것으로만 그치지 마시고, 앞으로 이들의 생활을 늘 관심을 가지고 지켜봐 주십시오. 혹 잘못된 점이나 서투른 점이 있을 때는 바로잡아 주십시오. 이들이 항상 바르고 떳떳하게 살아갈 수 있도록 이끌어 주십시오.

끝으로 내빈 여러분의 가정에 늘 건강과 행운이 함께하시기를 빌겠습니다. 다시 한 번 신랑·신부의 무궁무진한 발전과 건강과 행복을 진심으로 기원하겠습니다. 감사합니다.

(2008. 10)

| 덧없는 세월에 마음을 **빼앗기고**

국어국문학 학습방법

　　국어국문학 전공은 크게 국어학과 국문학으로 나눈다. 국문학은 또 고전문학과 현대문학으로 구분하기도 한다. 따라서 국어국문학 학습방법을 논의한다면 국어학과 국문학을 함께 거론해야 할 것이다. 그러나 여기서는 제한된 지면 사정으로 그럴 수 없어 아쉬움이 남는다. 국문학 중에서도 현대문학의 학습방법에 대해서만 생각해 보자.

　　현대문학 전공자라도 '학문'과 '창작' 중 어느 하나에 집중하는 것이 일반적이다. 같은 전공이면서도 이 두 부류 사이에는 거리가 있고, 그 공부방법에도 다소 차이가 있다. 먼저 '학문' 분야부터 살펴보자. 우선 나의 대학 시절 경험을 소개한다.

　　당시 다른 교과목과는 달리 '현대소설론'은 담당교수가 학생들에게 과제를 주고 발표하는 수업이었다. 나는 과제를 준비하는 것까지는 괜찮았지만 학생들 앞에서 발표한다는 것이 걱정되었다. 자신 있게 할 수 있으면 문제가 없겠는데 그러지를 못한다고 생각하니 부담스러웠다. 나는 자료를 철저히 준비하고 긴장 속에 발표를 했다. 그 때문이었는지 지금도 그 내용을 잘 알고 있다. 여타 교과목의 학습 내용이 전혀 기억에 없는 것과 비교되었다. 고생하며 힘들게 공부한 것이 오래 남는다는 교훈을 얻게 되었다.

이제는 내가 대학생들에게 '현대소설론'을 가르치게 되었다. 학부 시절의 수업을 회상하며 수강생들에게 과제를 주고 발표하게 하였다. 당장 반발이 거세게 일어났다. 그들의 논지는 이렇다.

우리들의 전공 실력은 미약하다. 아직 지식 축적이 되어 있지 못하다. 때문에 많은 지식을 쌓은 교수에게 가르침을 받기 위해 비싼 등록금 내고 진학했다. 학생의 발표를 듣기 위해 대학에 온 것이 아니다. 우리들이 공부해서 발표하게 한다니 말이 되느냐. 그럴 것 같으면 학교 다닐 필요가 없다. 도서관에 다니면서 공부하면 될 것이다.

총 150분 수업에 30분을 학생들이 발표하고, 나머지 시간을 교수가 그에 대한 평가와 정리를 하고, 그와 관련한 문제에 대해 강의한다고 해도 막무가내였다. 단 10분이라도 학생들에게 할애해서는 안 된다는 눈치였다. 힘들게 자료를 찾고 긴장 속에 발표하는 것이 싫었던 모양이다. 그들은 교수는 가르치고 학생은 배워야 하는 것으로만 알고 있었다. 어떤 문제를 교수와 학생이 함께 연구하고 토론한다는 것은 감히 엄두도 내지 못하는 것 같았다. 학생이 교수의 지식을 받아들이는 데 그친다면 학문의 발전은 기대할 수 없다는 사실을 깨닫지 못하는 듯하였다. 대다수 학생의 저항이 워낙 완강하여 발표 수업은 한두 명으로 중단하고 말았다. 앞으로 발표 없이 강의만 하기로 작정하였다.

몇 년 후 졸업생에게서 한 통의 편지를 받았다. 그 요지는 이렇다. 학창 시절에 무엇을 배웠나 종종 돌아볼 때가 있다. 거의 생각나는 게 없지만 과제를 준비해 발표한 것은 아직도 생생히 기억하고 있다. 그 것이 '이광수의 삶과 문학'이다. 언제 어디서나 이광수의 삶과 문학에 대해서는 어느 정도 자신이 있고, 그로 인해 떳떳하게 국문과 출신임을 내세울 수 있다. 후배들에게도 계속 발표를 하도록 해주시면 좋겠다. 내게 고맙다는 인사도 잊지 않았다.

그러고 보니 발표 수업을 중단하기 전 발표자 중 한 학생이었던 것 같다. 이 졸업생뿐 아니라 대개의 학생들이 졸업 후 학부 시절에 배운 내용이 거의 생각나지 않는다고 토로한다. 사은회 때마다 학창 시절의 수업 내용 중 생각나는 것이 무어냐고 물어본 적이 있다. 거의 야외 수업이라고 한다. 이처럼 누구나 교실에서 수업한 것을 잘 기억하지 못한다.

나의 학창 시절의 경험도 있고 졸업생의 격려 편지도 받아, 한동안 접었던 발표 수업을 몇 해 전 다시 시도하였다. 분위기는 예전과 많이 달랐다. 성적에 20점을 반영한다는 지침 때문이었는지 모르지만 학생들은 너도나도 앞다투어 발표에 열을 쏟았다. 컴퓨터를 이용하고 PPT를 활용하며 정해진 발표 시간을 초과하였다. 인터넷을 통한 정보수집의 용이함을 최대로 활용하였다. 무엇보다 발표 수업에 거부 반응을 보이지 않은 것이 다행이었다. 언뜻 보기에 그럴 듯하였다. 학습효과가 그 어느 때보다 증진될 것 같았다.

그러나 상당한 문제점이 발견되었다. 인터넷에서 수집한 자료가 검증된 것이 아니라 오류가 많았다. 뒤죽박죽된 정보나 지식을 소화하지도 않은 채 그대로 옮겨와 앵무새처럼 뇌까렸다. 그러다 보니 '발표'가 아니라 '읽기'였다. 똑같은 자료를 몇 학생이 중복하여 발췌해 오기도 하였다.

학생들의 태도는 발표 순간만 모면하려는 미봉책, 쉽게 과제를 해결하려는 편의주의, 학점만 잘 받으면 된다는 꼼수 등이 어우러진 것이었다. 진정한 실력 향상은 조금도 염두에 두지 않은 것이다. 나의 의도와는 판이한 방향으로 나아가는 것이다. 나의 의도는 도서관에서 참고문헌을 뒤지고 자료를 충분히 소화한 뒤에 그것을 '읽기'가 아니라 '발표'하라는 것이었다. '읽기'와 '발표'는 차원이 다르다. 의미를 모르면서도 읽어 내려갈 수는 있다. 그러나 모르는 내용을 발표할 수는 없다.

남들 앞에서 발표하는 것은 졸업 후 사회에서도 큰 도움이 된다. 요즈음의 직장은 예전과 다르다. 지난 시대에는 상명하달(上命下達)식이었다면 지금은 상사와 부하가 함께 토의하고 토론한다. 신입사원이 상사 앞에서 브리핑(briefing)이나 프레젠테이션(presentation)을 하는 경우도 많다. 따라서 직장인이라면 누구나 남 앞에서 떨지 않고 자연스럽게 발표할 수 있어야 한다. 서울의 많은 스피치(speech) 전문학원이 성황을 이루는 이유가 여기에 있다.

수십만 원의 수강료에 많은 시간을 투자해야 하는 스피치 학원이 수강생들로 넘쳐나고 있다. 그들의 말에 의하면 대학 시절 발표 기회를 충분히 살렸다면 지금 돈과 시간을 낭비하지 않았을 것이란다. 그 기회를 회피한 결과는 후회뿐이란다. 이런 점을 감안하더라도 남들 앞에서의 발표 훈련은 매우 유익하다.

나도 학생들에게 무엇을 공부하여 발표하라는 식은 지양하고 몇 가지 방침을 세워야 함을 인식했다. ① 발표 시간을 5분 내외로 통제해야 한다. 그렇지 않으면 1점이라도 더 받으려고 무작정 시간을 끌 수 있다. 그러면 교수의 강의 시간은 줄어들고 가르치기 싫어서 발표시킨다는 오해를 살 수 있다. ② 학생이 많을 경우 조 편성은 하되 발표는 개개인 모두가 하도록 한다. 조(組)의 대표 한 학생만 발표시키면 조원끼리 서로 미룰 수 있다. 자료 조사도 한 학생에게만 떠넘기는 경우도 발생할 수 있다. ③ 발표하기 전 학생과 교수가 만나 발표문을 정리하고 다듬는 사전 조율을 한다. ④ 발표할 전문을 적어도 하루 전까지 이메일로 수강생에게 보내 미리 읽어 오게 한다. ⑤ 발표 후 질의응답 시간을 반드시 갖도록 한다. ⑥ 참고문헌을 비롯하여 발표 근거를 꼭 밝히도록 한다. ⑦ 4학년은 취업 준비와 졸업 논문 작성 등으로 어려움이 따르니 이 방법을 적용하지 않는다.

교육학자들은 학습효과의 증진을 위해 끊임없이 연구하고 있다. 하지만 완벽한 방법론을 도출했다는 소식을 아직 듣지 못했다. 시청각 재료 등 각종 기기를 이용하더라도 한계는 있기 마련이다. 확실한 것은 공부는 자신이 하는 것이다. 남이나 어떤 기기(器機)에 의존해서는 안 된다. 성실하게 자료를 탐색하고 그것을 반복하여 읽는 수밖에 없다. 어쨌든 오래된 방법이긴 하지만 실력도 쌓고 남 앞에서 스피치 훈련도 할 수 있는 발표 수업은 여전히 현대문학 전공의 바람직한 학습 방법인 것 같다.

이제는 '창작'에 관해서 알아보자. 창작이란 시 · 소설 · 수필 · 희곡 · 평론 등 문학 작품 짓기를 말함은 물론이다. 이 방면의 공부는 어떻게 해야 효과적일까. 참고로 예를 먼저 들기로 한다.

조선시대 김삿갓(본명 김병연, 1807~1863)이라는 시인이 있었다. 그가 삼천리 방방곡곡을 유랑하던 때의 일이다. 어느 고을을 지나가게 되었을 때 그곳 원님이 진수성찬을 대접하며 유숙을 권했다. 김삿갓은 하룻밤 쉬어 가기로 했다. 그날 밤 원님이 찾아와 정중하게 글 잘 짓는 비결을 가르쳐 달라고 했다. 어떻게 해야 당신처럼 글을 잘 지을 수 있느냐는 것이다. 김삿갓은 대접도 잘 받고 하룻밤 신세 지는 형편이니, 그 비결을 가르쳐 주겠노라고 했다. 지금까지 아무에게도 알려주지 않은 비밀이니 누구도 듣지 못하도록 하겠다며 작은 소리로 말했다. '다독(多讀) · 다작(多作) · 다상량(多商量)'

김삿갓의 대답을 기대하고 있던 사람들은 매우 실망할 것이다. 중국 송나라 구양수(1007~1072)가 한 이 말을 익히 들어왔기 때문이다. 하지만 이 말은 글짓기와 관련하여 정곡을 찌른 것이다. 그렇다. 글을 잘 지으려면 우선 많이 읽고 많이 써보는 것이다. 하지만 나는 쓰는 것은 좀 뒤로 미루고 우선 많이 읽기를 주문하고 싶다. 그러나 막연히 다독이라고 할 때 무엇을 얼마나 읽어야 할지 가늠할 수 없다.

이번에는 경주 출신 소설가 김동리(1913~1995)의 경우를 소개해 보도록 한다. 김동리 하면 떠오르는 작품이 「무녀도」와 「을화」다. 이 작품들의 특질은 주지하다시피 전통적·토속적·무속적·향토적·동양적이다. 이를 근거로 그를 서양과는 무관한 작가로 간주하기 쉽다. 한국소설 내지는 동향소설만을 읽은 소설가로 여길 수 있다. 그러나 그는 한국과 동양의 고전은 물론 세계문학전집을 포함하여 고대부터 현대에 이르는 세계적 작가의 소설을 섭렵했음을 토로한다. 그 결과 토속적 소설뿐 아니라 「사반의 십자가」나 「목공 요셉」 등 서구 배경의 소설을 쓸 수 있었던 것이다. 훌륭한 소설가가 되기 위해서는 많은 소설을 읽어야 함을 예로 보여주고 있다. 어디 소설뿐이랴. 모든 문학이 마찬가지일 것이다.

나의 제자 중에 이름난 시인이 있다. 대학 재학 시절 등단한 그는 좋아하는 훌륭한 시인의 시집을 일천 번씩 읽었다고 한다. 말이 일천 번이지 한번 생각해보라. 아무리 자신이 좋아한다고는 하지만 한 작품을 일천 번씩 읽을 수 있는가. 보통 사람들은 엄두도 못 낼 일이다. 이처럼 여러 번 반복하여 읽으니 시가 저절로 써지더란다.

위에 예를 든 세 사람의 공통점에서 작품 창작을 위한 효율적인 방법이 무엇인가 하는 해답을 찾을 수 있다. 그들은 다독을 권장하고 실천한 것이다. 그렇다고 아무거나 닥치는 대로 읽으라는 말이 아니다. 동서양을 막론하고 시공간을 뛰어넘은 불후의 명작을 읽어야 한다.

창작에 대한 학습방법을 말한다면서 다독의 중요성만 강조하였다. 구체적인 수업방법은 소개하지 못했다. 그것은 아무래도 문예창작학 분야의 몫이기에 그 방면의 전공자에게 부탁하는 것이 현명한 일인지 모르겠다.

지금까지 국어국문학 전공 중 '현대문학' 분야의 학습방법을 살펴보면서 학문은 '탐구하여 발표'하기, 창작은 '다독'이 우선이라고 설명했다. 그렇다고 그 방법이 가장 바람직하다고 할 수는 없다. 이것은 어디까지나 내 개인의 의견이요, 이보다 더 좋은 방법이 얼마든지 있을 수 있기 때문이다.

살아가다 보면 많은 경우 잔재주나 요령 혹은 지름길이 필요하다. 그러나 '학문'이나 '창작'에는 그런 것이 별로 도움되지 않는다. 그냥 열정을 갖고 꾸준히 매진해야 뜻을 이룰 수 있다. 이 길을 마라톤에 비유하는 이유가 여기에 있다. 단숨에 달리는 단거리 시합이 아니라 오랜 시간 고통과 싸우는 경주 말이다. 잔재주나 부리고 요령이나 피우려 하며 지름길로 돌아가려는 사람은 처음부터 이 방면에 들어서지 말아야 할 것이다.

(2012. 6)

학습비법

공부는 열심히만 하면 되지 무슨 비법이 있겠는가? 평소 이처럼 학습비법에 회의적이던 학생들은 이제 그 사고를 전환할 때가 아닐까? 「내 안의 학습비법」을 읽으면서 제일 먼저 느낀 점이다. 많은 학생들이 나름대로 참신한 자신만의 학습방법을 발굴하고 터득하여 실천하고 있음을 생생히 감지할 수 있었기 때문이다.

이러한 방법론을 여러 사람에게 소개하여 감동을 주고 공감시키는 것은 생각만큼 쉬운 일이 아니다. 더구나 그것을 상대방으로 하여금 거부감 없이 받아들여 실력 증진에 도움이 되도록 의도한다면 더욱 그렇다. 이를 위해서는 먼저 자신의 방법론을 정확한 문장으로 옮기는 것이 필요하다. 다시 말해 매끄럽지 못하거나 부자연스런 문장은 감동을 불러일으키는 데 방해만 될 뿐이다. 절실한 체험으로 힘들여 이룩한 학습비법의 진정성도 희석될 수 있다. 탈자나 오자 혹은 맞춤법에 맞지 않은 단어, 잘못된 띄어쓰기, '하오체'와 '해라체'를 섞어 쓰는 문체 등도 부정적으로 작용한다.

이러한 글은 웅변 원고가 아니라는 점도 인식해야 한다. 남을 설득하려는 의도가 강한 나머지 목소리를 높여 외치기에 급급하면 어색하다. "자신과의 싸움에서 이깁시다." "꼭 성공합시다." "하면 됩니다." 등등. 이와 같이 힘차고 격한 목소리만 능사가 아니다. 낮고 잔잔한 소곤거림에 의외로 이끌리는 경우도 있다.

실력 향상의 방법론이라기보다는 학점을 잘 받는 요령을 제시한 듯한 글도 문제다. 물론 학점을 높인다는 자체가 그만큼 실력이 향상된 것을 말하겠지만, 어쩐지 점수에만 너무 연연하는 것 같은 인상 때문에 감동이 덜하다.

또 무엇보다 구체적이고 누구나 쉽게 다가갈 수 있는 내용이어야 한다. 가령 "열심히 노력하라." "잠을 줄여라." "놀고 싶은 유혹을 물리쳐라."라고 역설했다면, 이것은 매우 추상적이고 막연하다. 누구나 알고 있는 뻔한 논리도 설득력이 부족하다. "공부가 안 될 때는 며칠간 여행을 떠나라." "전공서적은 10회 이상 읽어라." 등등도 마찬가지다. 다소 구체적이고 독특할지는 몰라도 쉽게 접근할 수 있는 방법이 아니다. 여행은 누구나 할 수 있는 것도 아니고, 전공서적이라고 모두에게 지루하지 않게 읽힌다는 보장이 없다.

「내 안의 학습비법」을 읽으면서 자신이 개발한 학습방법으로 좋은 결실을 얻고 있는 학생이 많다는 사실에 흐뭇함을 금치 못했다. 학생들의 성실성도 발견할 수 있었고 실력 배양을 위해 치열하게 노력하는 모습도 읽을 수 있었다.

많은 학생들이 이런 글을 읽어 자신의 학습법과 비교해 보고, 성찰할 수 있는 계기가 되었으면 한다. 아울러 좀 더 발전된 방법으로 학습 효과를 거두어 자신의 목표를 꼭 달성하기를 바라는 마음 간절하다.

　　　　* 부기 : 대학생들이 쓴 「내 안의 학습비법」에 대한 심사평

(2012. 9)

견실한 열매를 위하여

— 학회지 발간에 부쳐

우리 학과는 국어국문학의 전반적인 지식과 이론을 이해하고 습득하기 위해 교수와 학생이 혼연일체가 되어 노력해 왔습니다. 교양인으로서의 바람직한 언어 사용과 아름다운 문장을 구사할 수 있는 능력 배양에도 힘을 쏟았습니다. 문예창작에 도움이 될 수 있도록 문학적 자질을 계발하는 데도 게을리하지 않았습니다. 학과의 발전이 학교와 지역사회 더 나아가 민족과 국가의 발전을 꾀하는 것이라는 점을 염두에 두면서 말입니다.

요즈음은 특성화 사업을 추진하며 많은 변신을 꾀하고 있습니다. 문화콘텐츠 개발 등 전공을 접목시킨 첨단 분야에도 관심을 쏟고 있습니다. 학생들도 이 점을 인식한 듯 전공은 물론 영어·일본어 등 외국어와 컴퓨터도 열심히 공부하고 있어 흐뭇함을 감출 수 없습니다.

실제로 졸업생 중에는 박사학위 취득자와 수료자가 십수 명에 이릅니다. 이들은 장차 훌륭한 학자와 교수를 꿈꾸고, 현재 대학 강단에서 학생들을 가르치며 연구에 매진하고 있습니다. 문인으로 등단한 인원도 40명을 넘어서고 있습니다. 중·고등학교의 교사도 백여 명에 이릅니다. 각종 학원에서 국어와 논술을 지도하며, 어린 학생들의 국어 실력 증진에 매진하는 수도 헤아릴 수 없을 정도입니다. 이 외에도 전국 각처에서 맡은 바 직분을 충실히 이행하고 있습니다.

10년이면 강산도 변한다고 합니다. 이 말은 10년이란 세월이 결코 짧지 않음을 강조한 것으로 생각합니다. 우리 국어국문학과도 10년의 세월이 흐른 지금 초창기의 모습에서 새로운 면모를 보여줄 때가 되었다고 봅니다. 그 변모된 한 단면이 학회지의 발간이 아닐까 싶습니다. 그동안 문예창작에 관심 있는 학생들을 중심으로 몇 권의 동인지가 발간되기도 했지만, 여러 가지 여건상 창작 욕구의 갈증을 해소하기에는 턱없이 부족했습니다.

이제야 학회지가 출간된다는 만시지탄의 감이 없지 않지만, 그래도 온갖 어려운 여건 속에서 우리의 염원이 이루어질 수 있어 여간 다행이 아닙니다. 용솟음치는 창작의 열기를 이제는 어느 정도 수용해줄 것입니다. 창작뿐만 아니라 학문의 연찬에도 주마가편의 효과가 있을 듯합니다.

학회지는 첫 발걸음을 내디디며 힘찬 행진을 시작했습니다. 씨를 뿌리고 싹을 틔운 것입니다. 앞으로 남은 일은 꾸준한 전진과 견실한 열매를 맺는 일뿐입니다. 이를 위해 우리 모두가 합심 단결하여 힘써야겠습니다. 문학의 산실로 학문의 도장으로 역할을 충분히 담당할 수 있도록 꾸며봅시다. 창간을 위해 심혈을 기울여온 편집장과 학회 임원들의 노고에 진심으로 치하의 말씀을 드립니다.

(1988. 9)

끈끈한 우정의 산물

— 졸업생 연극 공연에 부쳐

홍수와 태풍으로 많은 재산과 인명 피해를 입는 등 유난히도 재난이 심했던 지난여름이었습니다. 이제는 결실의 계절이 다가오고 들녘에는 오곡백과가 무르익어 가고 있습니다. 어떤 재난도 대자연의 순환법칙은 어쩌지 못하는 모양입니다. 이러한 자연 재난에 어수선한 교내 사정까지 겹친 현실에도 슬기롭게 대처하면서 내실을 다져온 연극회 회원 여러분에게 먼저 치하의 말씀을 드립니다.

그동안 우리 연극회에서는 인간 문제를 깊이 있게 다룬 문제작들을 여러 편 공연했습니다. 그로 인해 우리의 삶을 되돌아보고, 가치 있고 진실된 삶이 과연 무엇인지 생각할 기회를 갖게 하였습니다.

뿐만 아니라 그동안 연극을 거의 대할 수 없었던 이 지역 학생들과 주민들의 정서 함양과 예술적 욕구를 충족시키는 데 일익을 담당해왔다고 자부하고 있습니다. 이것은 어디까지나 회원 여러분의 연극에 대한 애정과 관객들에게 알찬 내용을 보여줘야겠다는 사명감이 작용한 결과라고 생각합니다.

우리 연극회는 1980년에 닻을 올린 이래 중단 없는 발전을 계속하며 면면히 이어져 오고 있습니다. 그 저변에는 연극을 사랑하여 심혈을 기울이고 정열을 불태웠던 회원들이 있음은 물론입니다. 그들은 학창 시절 밤을 밝히면서 연습에 열중하였습니다. 열악한 환경 속에서도 결코 좌절하거나 실망하지 않고, 서로를 격려하며 훌륭한 공연을 위해 노력하였습니다. 그 결과 대학 연극제에서 여러 번 입상하는 영예를 안았습니다. 연극회의 위상을 견고히 하고 학교의 명예를 드높였습니다. 일반 학생들은 우리 연극 회원들을 몹시 부러워하였습니다.

회원들도 세월의 흐름과 함께 학교를 졸업하고 각자 자신의 자리를 찾아 떠나 갔습니다. 이제는 사회의 각계각층에서 맡은 임무를 수행하고 있습니다. 그들이 자신의 할 일도 많은 터에, 재학생을 위해 연극 공연을 한다니 감탄하지 않을 수 없습니다. 바쁜 가운데도 틈을 내어 연습했을 그들이 마냥 대견해 보입니다. 한 푼이라도 더 벌겠다고, 한 단계라도 더 출세하겠다고 각축을 벌이는 세상에서, 예술혼을 불태우는 마음이 각박한 세상살이에 활력소가 아닐 수 없습니다.

우리 연극회 졸업생들의 이번 공연을 계기로 재학생과 졸업생들이 모두 합심·단결하여 끈끈한 우정을 지속해 주었으면 좋겠습니다. 아울러 앞으로도 이런 자리를 계속 마련했으면 하는 바람입니다. 부디 많은 분들이 뜻깊은 우리 연극회 졸업생 공연에 참석하여 그들의 연극 사랑에 아낌 없는 박수를 보내주시기 바랍니다. 이 연극이 공연될 수 있도록 힘쓴 많은 분들께 깊이 감사드립니다. 연극회의 무궁무진한 발전과 졸업생들의 일취월장을 빕니다.

(2000. 5)

두 마리 토끼 잡기

— 교육대학원 학술발표회 격려사

　　우리 대학교에 교육대학원 석사과정 국어교육 전공이 개설된 지도 어언 6년째 접어들었습니다. 비록 오래되었다고 할 수 없는 기간이지만, 그동안 꾸준히 내실을 다져온 것이 사실입니다. 매 학기 실시하는 논문 초록 발표회도 자리가 잡혀가고, 입학 지원자도 해마다 늘어가고 있습니다.

　그 사이 다소 오해도 없지 않았던 듯싶습니다. 일반대학원생에 비해 교육대학원생의 논문은 질이 떨어진다거나, 교육대학원생들은 정통 학문을 소홀히 한 채 오직 중·고등학교의 교사가 되기 위해서만 매진한다는 것입니다. 이러한 오해는 오늘 같은 학술발표회를 통해 불식되리라 봅니다. 날씨도 고르지 못하고, 더구나 방학 기간임에도 불구하고 행사를 개최하여 발표하고 토론하는 것은 좀 더 깊은 학문에 도달하기 위한 노력이 아니겠습니까.

　교육대학원생이 두 마리의 토끼를 잡기 위해 노력하고 있음은 주지의 사실입니다. 교사 임용과 학문 성취가 바로 그것입니다. 이것은 두 가지 일이 아니고 한 가지 일이라고 생각합니다. 훌륭한 교사가 되기 위해서는 학문을 넓고 깊게 탐구해야 하고, 학문을 폭넓고 깊게 연찬해야만 유능한 교사가 될 수 있는 것입니다. 이 점을 교육대학원생들은 누구보다도 잘 알고 있다고 생각합니다. 때문에 교원 임용고시를 대비하여 열심히 공부하는 가운데도 석사학위 논문을 알차게 쓰기 위해 이런 발표회를 개최한다고 봅니다. 지금까지 한 해도 거르지 않은 학술발표회니 계속 유지해주기 부탁합니다. 기왕에 하는 행사인 만큼 좀 더 내실을 기해주었으면 하는 바람도 있습니다. 석사학위 초록 논문과 중복된다든지 완성되지 않은 논문을 발표하는 경향은 지양되어야 하겠습니다.

여러 지역에 흩어져 살고 있는 원생들이 거리를 생각하지 않고 행사에 참석하는 것을 보고, 우리 전공의 발전은 보장된 것이나 다름없다는 느낌을 받습니다. 이런 기회에 선후배 간에 우의를 다지고 친목을 돈독히 한다면, 이 행사는 더욱 빛나리라고 생각합니다. 아무쪼록 알찬 발표회가 되어 원생들 누구에게나 많은 도움이 되었으면 하는 마음 간절합니다.

참석해 주신 교수님 · 졸업생 · 재학생 여러분들과 특히 수고를 많이 한 학생회 임원들에게 고맙다는 말씀을 드립니다.

(2005. 8)

작은 씨앗을 싹 틔웠으니

— 동인지 발간에 부쳐

문학이란 무엇인가. 인간의 삶에 문학이란 어떤 존재인가. 우리는 문학에서 무엇을 구하고자 하는가. 이런 원론적인 질문을 떠나서 어느 정도 확신할 수 있는 것이 있습니다. 문학이 우리에게 재미와 즐거움을 주지만 이에 못지않게 고통과 괴로움도 준다는 사실입니다. 문학으로 인하여 많은 날을 고뇌와 번민 속에서 방황한 기억을 되살리면 이는 충분히 공감할 수 있습니다. 그럼에도 불구하고 우리는 문학을 버릴 수 없습니다.

우리는 작은 모임을 만들었습니다. 그리고 결코 길다고 할 수 없는 3년여의 세월이 흘렀습니다. 그동안 문학을 통한 만남, 정을 통한 만남, 가슴을 통한 만남으로 그 어떤 만남보다도 끈끈하고 의미 있는 모임을 지속해 왔습니다.

우리는 갖가지 직업에 종사하고 전국에 흩어져 살아갈망정 문학을 향한 열정만은 한결같다고 할 수 있습니다. 이 정열이 인사동 생맥주

집을 찾아 헤매게 하고 화양동 깊은 계곡 속에서 밤을 새우게 했는지 모릅니다. 그렇다고 문학이 열정으로만 이루어진다고 생각지 않습니다. 그에 못지않게 예리한 감수성과 냉철한 판단력이 요구됨을 또한 인식하고 있습니다. 그 때문에 낱말 하나, 문장 한 줄에 이르기까지 절차탁마를 게을리하지 말아야 할 것도 알고 있습니다. 우리는 "문인은 작품으로 말한다."는 명제를 한 번도 망각한 적이 없습니다. 따라서 훌륭한 작품의 창작을 위하여 끊임없이 노력할 것입니다.

이번에 동인지라는 이름으로 작은 결실을 세상에 내놓습니다. 미흡함을 솔직히 시인할 수밖에 없습니다. 그러나 "첫술에 배부르랴."라는 속담을 떠올리며 위로해 봅니다. 그렇습니다. 이것은 우리의 첫술에 지나지 않아 빈약할 수밖에 없습니다. 이제 제2, 제3의 결실이 있을 것입니다. 풍요로운 열매가 앞으로 계속하여 열릴 것입니다.

언뜻 보면 책의 체제가 잡히지 않고 기대에 미치지 못할 수도 있는 것이 사실입니다. 다른 한편 생각하면 여러 장르를 한자리에 모았다는 특색도 없는 것은 아닙니다. 우리 동인지는 어떤 편향된 시각에서 문학을 보려 하지 않았습니다. 개방된 시각으로 섹트화나 분파주의를 지양했다는 뜻입니다. 이를 두고 혹자는 분명한 색깔의 부재를 비난할지 모릅니다. 이에 대해 우리는 문학은 다양한 목소리를 가지고 있지 천편일률적이고 획일화되어 있지 않다고 대답해 주고 싶습니다.

어려운 여건이지만 앞으로 계속 동인지를 발간할 계획입니다. 단지 책의 발간에서만 의의를 찾으려는 것이 아닙니다. 끊임없이 자신을 반성하고 채찍질하기 위함입니다. 그러는 가운데 자아는 성숙할 것이고 문학적 재질도 더욱 계발될 것이기 때문입니다.

뺨을 스치는 바람이 스산함을 느끼게 합니다. 어느덧 겨울이 성큼 우리 곁에 다가온 모양입니다. 그러고 보니 길가의 플라타너스는 벌써 그 화려했던 꿈을 갈색 낙엽에 모두 띄워 보낸 듯합니다. 앙상한 가지가 마냥 을씨년스럽습니다. 하지만 우리는 작은 씨앗을 싹 틔웠다는 자부심에 그 어느 때보다 가슴 부풀어 있습니다. 지금부터는 그 싹을 기르는 일만 남았습니다. 많은 이들의 격려와 질정을 바랄 뿐입니다.

(1992. 12)

덧없는 세월에 마음을 빼앗기고

부록

취업기 ― 저 높은 곳을 향하여

취업기

― 저 높은 곳을 향하여

　와! 제대다. 얼마나 기다렸던가. 1972년 6월 30일. 결코 잊지 못할 날이다. 대한민국의 평범한 20대 남성이라면 걱정거리 세 가지가 있다. 군대 · 취직 · 결혼. 그중의 하나인 군대 문제를 해결하였으니 그 감격을 어찌 잊겠는가. 정말 손꼽아 기다리던 이날이다. 하루하루 달력에 표시해가면서 학수고대하지 않았던가. 남들이 다하는 군대 생활, 못할 것이 무어냐고 나선 것까지는 좋았으나 도통 생리와 적성에 맞지 않는다. ROTC 8기. 28개월 동안 수없이 이 생활이 체질에 맞지 않는다고 생각하던 터다. 그러니 제대는 그만큼 벅찬 기쁨을 안겨줄 수밖에 없지 않겠는가.

　'박 중령' 하면 치가 떨린다. 출세를 위해서라면 남이야 죽건 말건 인정사정 없는 그. 강자에게는 목을 움츠리고 약자에게는 제왕처럼 군림하는 그. 한동안 그에게 숱한 모멸과 구타를 꼼짝없이 당할 수밖에 없지 않았는가. 그의 아래에서 대대참모인 인사장교를 맡고 있었으니 말이다. 수시로 무슨무슨 훈련. 일주일마다 돌아오는 일직사관. 이것 역시 싫기는 마찬가지다. 이렇듯 지긋지긋한 군대를 벗어나는 감격스러움을 어찌 잊을 수 있단 말인가. 강원도 화천군 사내면 사창리 구불구불한 길을 뽀얀 먼지를 뒤집어쓰고 GMC로 달리면서 감회에 젖는다.

만 2년 전 이 길을 이렇게 지나가던 생각이 난다. 그에 겹쳐 지난 나날들이 파노라마처럼 스쳐간다. 아버지의 나이와 비슷한 40세가 넘은 부하를 거느렸던 일. 훈련 도중 한 병사가 팔뚝만 한 더덕을 캐다준 일. 1970년 9월 하순경의 간첩작전. 3사관학교 출신 양 중위와의 격투. GOP 생활 등등.

집에 가면 우선 목욕을 하리라. 케케묵은 전방의 때를 말끔히 씻으리라. 그 다음은? 그래 푹 좀 쉬자. 그동안 불안과 초조 · 긴장 속에서 나날을 보내지 않았는가. 잠도 제대로 자지 못하고. 이제는 두 다리 쭉 펴고 실컷 잠을 자리라. 차차 일자리를 찾아 마음껏 꿈을 펼쳐보는 거다. 이런저런 생각에 가슴이 부풀어 오른다.

먼지를 풀썩이며 곡예를 하듯 덜커덩거리는 GMC에 몸을 맡긴다. 잘 있거라 최전방아! 화천 · 춘천을 거쳐 서울의 집에 도착할 때까지 머릿속은 온통 뒤범벅이다. 지난 일들과 앞으로 할 일들이 한꺼번에 뒤섞여 머리를 어지럽혔기 때문이다.

집에 도착하고 나서 2년이란 세월이 결코 짧지 않음을 절실히 느낀다. 집안은 그야말로 엉망이 되어 있다. 그사이 시골서 서울로 이사한 것일 뿐인데. 왜 이렇게 비참한 생활을 하고 있는 것일까. 대지 13평에 건평 8평짜리 집. 그 속에서 할아버지를 포함해 여덟 식구가 복작거리고 있다. 제대로 먹지 못한 얼굴들은 누렇게 떠 있고 한결같이 꾀죄죄하기 짝이 없다. 아버지 혼자 벌이로는 여덟 식구를 건사하기에 벅찼던 모양이다.

이런 처참한 생활을 하리라곤 꿈에도 생각하지 못했다. 군대에 있을 때 시골의 논밭을 정리하여 서울로 이사를 온다는 연락을 받았다. 그때 우리 집과 식구들의 생활을 그려봤다. 아담한 양옥집에 몇 그루의 나무가 심겨져 있는 작은 정원이 있고, 네 개 정도의 방이 있겠지 했던 것이다. 그런데 이게 뭐냐 말이다. 최전방 생활의 피로와 긴장도 풀 겸 푹 쉬어 보겠다던 생각은 물거품처럼 사라져 버렸다. 당장 사지를 쭉 펴고 누울 곳조차 없는 처지였다.

장남으로서 딱한 식구들의 처지를 봐서라도 당장 돈을 벌어야 했다. 쉬어야겠다는 생각을 접고 취직을 하기로 작정했지만 무슨 방법이 있는 것도 아니었다. 신문 광고란을 살피기 시작했다. 군대 가기 전에도 신문은 자주 본 편이지만 광고는 보지 않았다. 지금은 그 반대가 되었다. 광고부터 샅샅이 훑어본 뒤에 기사는 건성건성 읽고 치웠다. 신문 광고 탐색은 차차 열기를 더하여 국립중앙도서관의 신문 열람이 매일의 일과가 되다시피 하였다.

이렇게 광고를 훑어보면서 몇 가지 사실을 알게 되었다. 요즈음이 불경기라 취직하기가 쉽지 않다는 것. 국문학과 출신이 취업하기는 극히 제한적이라는 것. 취업하고자 하는 분야의 경력이 필요하다는 것. 숱한 채용 공고는 거의 상경·법정·이공계 출신을 요구한다는 것 등등. 그러면서도 일루의 희망이 없지는 않았다. "중등학교 2급 정교사" 자격증을 가지고 있었기 때문이다.

여기서 진로를 정했다. 무턱대고 아무 곳이나 취직할 게 아니고 국어교사가 되리라고. 다른 직종을 잡기 힘든 이유도 있지만 무엇보다 전공을 살리려면 이 길뿐이라고. 마음을 굳히자 구인 광고 중에서 국어교사 초빙만 찾게 되었다. 학기 초가 아니라 광고는 좀처럼 눈에 띄지 않았다. 벌써 7월 중순이 넘어가고 있었다. 신경이 점차 날카로워져 갔다. 최전방 남방한계선을 지키던 때와는 또 다른 불안·초조와 긴장이었다. 후텁지근한 좁은 방 속의 바글거리는 식구들 틈에서 우울한 나날을 보낼 수밖에 없었다. 쪼들리는 생계비에 안달하면서도 말없이 내 눈치만 보고 있는 어머니의 모습도 나에게는 고통이었다.

그러던 어느 날 신문 한 귀퉁이에서 비교적 큼지막한 D여자고등학교 "국어교사 초빙"의 광고를 보게 되었다. 전에 그 이름을 들어서 알고 있던 학교다. 드디어 나왔구나. 이제부터 시작이다. 당장 대서소로 달려가 이력서를 썼다. 자필이력서를 제출하도록 되어 있었지만 필체가 못 미더웠던 것이다. 졸업증명서와 성적증명서도 준비하고 사진도 찍었다. 꼭 채용이 될 것 같아 기분이 들떴다. 마감 날짜보다 훨씬 앞서 지원서를 제출했다. 며칠 후 그 학교서 편지가 왔다. 이름 밑에 선생님까지 써진 봉투를 받아들고 기쁨을 억누를 수 없었다. 벌써 교단에 서서 여학생들을 가르치는 환상에 빠져들기까지 하였다.

그러나 막상 편지를 읽어 보니 그게 아니었다. 채용 통보를 알리는 것이 아니라 필기구를 지참하고 시험 치러 오라는 내용이었다. 그러면 그렇지. 그렇게 쉽게 채용될 리가 없지. 시험 날까지의 며칠 동안 가슴이 설레어 잠이 오지 않았다. 정말 시험은 치는 걸까. 그렇다면 어떤 형식과 내용일까. 혹 면접으로만 끝내는 건 아닐까. 이러한 설렘이 시험 당일엔 최고조를 이루었다. 밥도 먹히지 않고 입술이 타들어 갔다.

사회를 향한 처음 발걸음이기에, 아니 처지가 절박했기에 그렇기도 하지만, 원래 나약하고 소심한 성격이 그 원인일지 몰랐다. 시험 당일 고조되는 긴장을 억제하기 위해 학교 정문이 바라보이는 약국에서 진정제 두 알을 사먹었다.

시험 시간이 임박하자 상상 외로 많은 사람이 몰려들었다. 놀라운 것은 그들 중 상당수가 나이가 꽤 들어 보이는 점이었다. 몇몇 부인네들이 복도를 서성거리고 있었다. 응시자의 부인들이 응원하러 온 모양이었다. 알고 보니 나이 지긋한 사람들은 거의 지방 소재 중등학교의 현직교사들로 서울로 오려고 응시한 것이었다. 시험 문제는 모두 4문항으로 주관식이었다. ① 훈민정음 서문을 한자로 외어 쓰시오. ② 향가의 특성을 논하고 그 대표 작품을 3편씩 열거하시오. ③ 시조의 음수율과 음보율을 논하시오. ④ 김영랑의 「돌담에 속삭이는 햇발」에 대한 교안을 짜시오. 문제를 읽고 손을 댈 엄두가 나지 않았다.

짙은 안개가 눈앞을 가로막아 앞으로 도저히 나갈 수 없는 형국이라고나 할까. 멍청히 창밖을 내다보는 것이 고작이었다. 인생사가 쉽고 평탄한 것만은 아니라는 생각이 들었다. 한편으로 내 전공 실력이 아주 보잘것없다는 것도 깨달았다. 며칠 밤을 전전반측하며 오늘을 기다린 것이 허망하였다. 답안 작성을 포기하니 떨리던 가슴이 가라앉았다. 온몸에서 힘이 빠져나가며 졸음이 엄습했다. 좀 전에 먹은 진정제 약효 때문일 것이란 생각을 했다.

합격자에겐 1주일 이내에 통지가 갈 것이라는 감독관의 말을 귓전에 흘리며 허둥지둥 시험장을 빠져나왔다. 1주일은커녕 열흘이 지나고 한 달이 넘어도 아무런 소식이 없다. 그렇다고 물러설 수는 없다. 서울 시내에 D여고만 있는 것은 아니지 않은가. 교사 되기가 쉽지 않다는 것을 깨닫고 비장한 각오로 다시 시작하기로 하였다. 우선 사진을 스무 장 뽑고 이력서도 스무 장 샀다. 광고를 낸 학교에는 모두 응모하기로 했다. 그중에 하나는 걸리겠지 하는 생각이었다.

얼마 후 D여고보다는 작은 크기의 초빙 광고를 발견하였다. 학교 이름은 밝히지 않고 전화번호만 있었다. 전화를 하니 H상업전수학교인데 재직할 의향이 있으면 이력서와 자격증 사본을 가지고 직접 찾아오라고 했다. 전수학교라는 점이 좀 켕기기는 했지만, 우선 취업했다가 정식 학교로 옮기자며 집을 나섰다. 신경을 써서 옷매무새를 가다듬고 버스를 타고 사람들에게 물어보기도 하여 찾아갔다.

그런데 이게 뭐냐! 이거야말로 너무했다. 낡은 목조 2층 건물인데 그 규모가 일반 가정집보다 약간 더 큰 정도였다. 운동장도 물론 없을뿐더러, 언젠가 시골서 본 이층으로 된 양계장을 방불케 하였다. 학생들이 삐걱거리는 계단을 타고 바글바글 오가고 있었다. 그들은 어리둥절해 하는 나를 힐끔힐끔 쳐다보며 우르르 몰려다녔다. 그때마다 목조 건물이 심하게 소리를 냈다. 건물 귀퉁이의 교무실에서 교감을 만났다. 이력서와 자격증 사본을 찬찬히 읽은 그가 나를 똑바로 쳐다

보면서 말을 건넸다.

"주야간 다 할 수 있소?"

"예."

"한 서른세 시간쯤 되는데."

"할 수 있습니다."

"월급은 3만 원이요. 괜찮겠소?"

"괜찮습니다."

"그럼 댁에 가서 기다리시오. 교장 선생님과 최종 결정을 내려 연락해 드리리다."

그 학교를 벗어나 버스를 타고 집에 오면서 어디를 어떻게 지나왔는지 모르게 멍멍했다. 사실 교감이 말한 서른세 시간이 1주일에 맡아야 할 몫인지, 한 달 동안 담당해야 하는지도 알지 못했다. 감당하기에 많은 시간인지 적은 시간인지도 판단할 수 없었다. 언뜻 생각하기에 월급 3만 원은 좀 적다는 느낌이 들었다. 세상 물정을 모르던 터라 그 액수가 일한 대가로 적당한지의 여부도 몰랐다. 단지 제대할 무렵 중위 2호봉 월급 2만 7천 원과 비교할 때 적다는 생각이 들었다. 그런데도 교감에게 월급이 적다는 말을 못 했다. 그것은 고사하고 엉뚱하게도 괜찮다고 하지 않았는가. 그처럼 내 현실이 절박했던 것이 아닐까. 어떻게 되겠지 하는 식으로 연락 오기를 기다렸으나 끝내 소식은 오지 않았다.

그 후 혹시나 하는 생각에 모교를 찾아갔다. 대학을 졸업한 뒤 처음의 발걸음이었다. 여름방학이라서 조용했다. 2년 반의 기간치고는 상당히 변했다. 웅장한 건물이 두 개나 늘었고 건물 사이를 잇는 도로가 전보다 훨씬 넓혀져 있다. 교수연구실에 들렀더니 전임교수 다섯 분 중에 세 분이 나와 계셨다. 차례로 인사를 하니 두 분은 전혀 알아보지 못하고 젊은 K교수님이 아는 체를 하셨다.

"어쩐 일인가?"

"이제 막 제대했습니다."

"아, 그래, 자네 ROTC 했지, 참."

"예."

"그럼 지금은 뭐하나?"

"아직 놀고 있습니다."

"응. 그래. 취직을 해야지. 교사 자격증은 가지고 있나?"

"예, 그런데 잘 되지 않습니다."

"좀 어려울 걸세, 서울에서는. 원체 자리가 없어놔서."

미리 말막음을 하시는 것 같은 교수님 앞에서 꾸지람을 듣는 학생처럼 아무 말도 못했다. 주소를 써놓고 가라는 말씀에 한 가닥의 희망을 안고 연구실을 나왔다. 나오는 길에 중문학과 출신의 최 군을 만났다. 그는 군대를 면제받아 졸업을 하자마자 모 여자고등학교 교사가 되었다고 말했다. 그간의 안부를 간단히 물은 뒤에 나의 현재 처지를 설명했다. 그러자 그는 다짜고짜 10만 원권 수표 한 장을 이력서에 붙여서 가져가면 웬만한 학교에는 취업할 수 있다는 것이었다.

"이 사람아, 학교에서 추천을 해주거나 교수가 추천을 해 주더라도 그만한 돈이야 안 들겠나? 그리고 그것은 불의고 부정이고 할 건더기도 없어. 자격증 가진 사람은 다 똑같다고 봐야지. 실력 차가 있다면 얼마나 날 거야?"

자기도 할 수 있으니 당장 10만 원 수표와 이력서를 가져오라는 것이었다. 그의 말을 그대로 믿을 수는 없었다. 설령 믿을 수 있다 해도 적지 않은 그 돈을 어디서 마련할 수 있겠는가. 내가 금방 10만 원을 준비할 수 없다는 사실을 알고 이 녀석이 큰소리치는 것이 아니었을까. 녀석은 지금 취직 못 한 내 앞에서 허세를 부리고 있는 것 같았다.

여름방학이 시작되자 교사 초빙 광고가 부쩍 늘었다. 힘이 솟았다. 열두 학교에 지원서를 제출했다. 몇 곳은 사서함으로 보내기도 하였다. 일곱 개 학교에서 회답이 왔다. 그중 다섯 곳에서 불합격통지서가 왔다. "우리 학교 교사 초빙에 응해줘서 고맙다. 그러나 학교 형편상 귀하를 초빙할 수가 없어 대단히 미안하게 생각한다."는 거의 비슷한, 상투적인 내용이었다. 두 곳에서만 면접오라는 날짜와 함께 학교 위치가 그려진 약도를 보내왔다.

"두드려라, 그러면 열릴 것이요. 구하라, 그러면 얻을 것이다."

기독교 신자는 아니면서도 이 말만은 꼭 믿고 싶었다. 그래, 두드리자, 구하자, 이렇게 면접하러 오라는 곳이 있지 않은가.

첫 번째 찾아간 곳은 동대문구 소재 B여자상업전수학교. 생각보다 규모가 어마어마했다. 벌써 상당수의 지원자가 서성거리고 있었다. 정규학교도 아닌데 여전히 응모자들이 많이 몰리는 것을 보면 그만큼 취업하기가 힘든 탓일까. 5층 건물 중 1층의 교무실에는 교사들이 분주히 오가고 있었다. 그들이 무척이나 행복해 보였다. 깨끗하게 교복을 차려입은 여고생들이 눈길을 끌었다. 누군가가 설문지를 한 장씩 나누어 주었다. 거기에 결혼 유무, 교사 경력 유무, 자기 집의 동산과 부동산 액수, 월평균 수입 등을 적어 내는 것이었다. 면접이 끝나자 교감이라고 생각되는 사람이 "댁으로 돌아가십시오. 연락드리겠습니다."라고 했다. 그러나 아무리 기다려도 끝내 연락은 오지 않았다.

두 번째는 서대문구 소재 B상업전수학교. 그리고 보니 연락오는 곳은 거의 전수학교였다. 약도를 들고 찾아가니 도심에서 꽤 멀리 떨어진 외곽이었다. 학교 뒤쪽은 낮은 산에 잇대어 있고 주위가 논밭이라 시골에 온 느낌을 주었다. 이곳에도 지원자들은 북적이고 있었다. 면접은 교장이 직접 하였다.

"교사 경력이 없으시군요."

"예."

"댁이 어디십니까?"

"신당동입니다."

"여기선 좀 멀구만요. 버스를 한 번 갈아타야 되지요?"

"예."

"저 무척 실례되는 말씀인데 미혼이십니까?"

"예."

"그럼 되었습니다. 저의 학교에 오실 의향이 있으십니까? 그렇기 때문에 여기까지 찾아온 것이 아닙니까? 그럼 좋습니다. 내일부터 나오십시오."

귀가 번쩍 했다. 그렇게도 힘들게 찾아 헤매던 교사 자리가 아니냐.

"물론 일류대학을 나온 사람도 이렇게 많이들 모여들었습니다마는, 그런 사람들은 시건방져서 틀렸습니다. 어떤 대학을 나오든 사람이 착실해야 되지 않겠습니까?"

"예."

"그런데 참, 이건 참 안 되는 말씀인데, 저의 학교는 아직 발전 단계에 있어 재정이 빈약합니다. 때문에 선생님들께 대한 급료가 상당히 적습니다. 그래서 부양가족이 없는 미혼 선생님을 구하려 하는 것입니다."

"그러면 대체로 얼마 정도나 되는지요?"

"그냥 교통비 정도지요."

"좀 더 구체적으로 말씀해 주시지요."

"만 이천 원."

"예?"

"학교가 차차 발전하면 그때는 급료도 현실화해야지요."

"저는 못하겠습니다."

"예? 그럼 하는 수 없지요. 그 수준으로도 할 사람은 얼마든지 있습니다. 여기 이력서 있습니다."

학교를 나오는데, 다리가 후들거렸다. 이제 모든 게 끝났다는 생각이 들었다. 몸에서 힘이 쭉 빠졌다. 허탈하고 막막할 뿐이었다. 교장이나 교감이 도둑놈처럼 생각되었다. 순수해야 할 교육의 장에서 이런 일이 벌어지다니. 외부에서 이런 사실을 알까. 이제 어떻게 할 것인가.

실의에 빠져 나날을 보내는데 우체부가 전보를 가져왔다. 얼마 전

학교에 찾아가 뵈었던 K교수님이 보낸 것이다. '내일 급래 취직건' 이런 내용이다. 이게 어떻게 된 일인가. 신임하는 K교수님의 전보. 사실 그렇게 크게 기대하지 않고 찾아뵌 것인데. 사제지간이란 이런 것인가. 교수님이 직접 전보를 쳐주시다니. 정말 고맙기 그지없다. 이런저런 생각으로 거의 뜬눈으로 밤을 보냈다.

이튿날 일찍 K교수님의 연구실로 달려가니 문에 쪽지가 꽂혀 있다. 수신인은 바로 나였다. 일이 생겨 외출한다는 것과 성동구 소재 C상업전수학교의 교무주임이 당신이 추천하는 사람이면 꼭 채용한다고 하니 오늘 중 찾아가 만나라는 내용이었다. 당신과 그 교무주임이 매우 돈독한 사이니 채용은 거의 틀림없을 것이라는 말도 덧붙이고 있었다. 진작 교수님을 찾아뵐걸, 지금까지 허송세월에 심적 고통만 컸다고 스스로를 원망하였다. 그 길로 부랴부랴 C상업전수학교로 달려가 예의 그 교무주임을 만났다. 키와 몸집이 크고 인물이 훤하게 잘생긴 사람이다. 매사에 대범하고 서글서글한 사람 같았다.

"이력서 가지고 오셨소?"

얼른 준비해 간 이력서를 내밀었더니 쭉 훑어보고 나서,

"내일쯤 전화하시오."

간단히 끝냈다. 이튿날 전화하니 그가 학생들을 인솔하고 3박4일의 수학여행을 떠났다는 대답이었다. 4일을 기다렸다 다시 전화를 했다.

"좀 더 기다리셔야겠소. 정 급하시면 다른 데 알아보시오."

더 기다렸지만 끝내 연락은 오지 않았다.

그럭저럭 8월도 지나고 아침저녁으로 선선한 바람이 불기 시작하

며 9월이 왔다. 심심찮게 신문에 오르내리던 채용 광고가 싹 사라졌다. 이제는 다음 학기를 기다리는 수밖에 없다. 문제는 그때까지 어떻게 견디나 하는 것이었다. 제대한 지 겨우 두 달이 지났지만 그 사이 지루함이란 실로 견딜 수 없을 정도였다. 학교 말고는 가지 않겠다던 결심을 접고 이곳저곳 취직할 만한 곳을 찾기 시작했다.

그중 끌리는 곳이 출판사였다. 이번에는 각 일간지의 광고를 뒤져 출판사를 찾아냈다. 9월 초순 '직접 내사하여 서류를 제출할 것'이라는 광고대로 이력서를 갖추어 어떤 출판사를 찾아갔다. 내일 10시까지 시험 치러 오라는 말을 했다. 시험을 치러 가니 22명이 모였다. 별로 알려지지 않은 출판사인데 편집사원 두 명 모집에 이렇게 많이 몰린 것이다.

시간이 되자 사회자와 사장이 나왔다. 사회자가 '일동 차렷! 사장님께 경례!' 하고 구령을 하자 모두들 고개숙여 인사를 했다. 사장의 간단한 인사말에 이어 시험이 시작되었다. 총 세 시간인데 상식·영어·작문으로 각각 한 시간씩 배당되었다. 상식은 40% 이상을 맞추기 힘들 정도로 어려웠지만, 영어는 그래도 좀 쉬웠다는 생각이 들었다. 작문은 자신의 성장 과정을 적는 것이었으므로 누구나 쓸 수 있는 것이었다. 합격자에게는 바로 연락을 해준다고 하였다.

합격했다는 전보가 왔다. 계속 떨어지기만 하다가 합격했다니 반가우면서도 어안이 벙벙했다. 당장 출판사로 달려가 편집부장을 만났다. 그는 먼저 자기소개를 장황하게 하고 앞으로 함께 근무하게 되어 반갑다면서 악수를 청했다. 그리고 전반적인 회사규정을 차근차근 설명해 주었다. 신중하고 믿음이 가는 인물이라고 생각하였다.

"그런데 우리 출판사는 지금 막 성장하는 단계에 있어서 급료가 좀 약한 편입니다. 물론 6개월마다 올라가긴 합니다만. 지금은 한 달 급료로 2만 5천 원을 드립니다."

어처구니가 없어 아무 말도 하지 않고 가만히 있었다. 아무리 월급이 적더라도 의무 복무를 하는 군대보다야 많아야 한다는 것이 나의 지론이었다.

"급료가 적어서 그러십니까?"

편집부장이 물었다. 무어라고 말을 해야 좋을지 몰라 그냥 앉아만 있었다. 눈치를 살피던 그가,

"그럼 할 수 없지요."

하며 이력서를 꺼내주었다. 그것을 받아들고 나오면서 또 한 번 허탈감을 맛보았다. 이럴 게 아니라고 판단하고 서울시 교육위원회를 찾아갔다. 공립학교의 교사 임용에 대해 알아볼 참이었다. 쌀쌀하게 대하는 여직원들 틈을 기웃거리며 11월 초순쯤 신문에 공고가 나갈 것이라는 사실을 알았다. 그렇다. 희망은 있다. 11월 공립학교 교사 임용시험에 합격하면 되는 것이다.

돌아오는 길에 장충단공원에 들렀다. 벤치에 앉아 이런저런 생각을 하였다. 왜 이렇게 취직하기가 힘든가. 이제 어떻게 해야 할까. 돈도 배경도 없다면 실력이라도 쌓았어야 하는 것 아닌가. 지금까지의 삶이 잘못된 것은 아닐까. 그럴 듯한 가면을 쓴 도둑놈들이 얼마나 많으냐. 정규 4년제 대학을 졸업한 장교 출신을 한 달 내내 부려먹고 1만 2천 원 혹은 2만 5천 원 준다는 자들에게서 양심을 찾을 수 있단 말인

가. 그런 월급을 받고 일하는 사람들이 있기나 한 것인가.

그래. 실력을 기르자. 그리고 나서 떳떳한 직장에 취직해 정당히 대우받자. 정의와 양심도 없는 놈들에게 세상은 그렇지 않다는 것을 보여주자. 앞으로 신문 광고를 일체 보지 말고 열심히 공부하자. 11월 예정의 공립학교 임용시험에 꼭 합격하기로 하자. 마음을 정하니 한결 힘이 솟는다.

그 후 동대문구 신설동 소재 시립동대문도서관에 나가기 시작하였다. 집에서부터 걸어서 꼬박 30분이 걸렸다. 문 열기를 거의 한 시간 정도 기다렸다가 들어가서 저녁 8시 문 닫는 신호가 울려야 나왔다. 대학 시절 배운 내용도 복습하기 시작하였다. 대입 수험생 때와 다름이 없었다. 이렇게 매일 다람쥐 쳇바퀴 돌리듯 집과 도서관을 오가는 모습을 보고 부모님도 딱했던 모양이다. 아니 기가 막히셨는지 모른다. 노골적으로 불만을 토로하셨다.

"대학을 졸업하고 군대 마치면 취직해 돈 벌 줄 알았지. 누가 이럴 줄 알았니? 옆에서 보기 참 안됐다."

"우선 아무 데고 취직했다가 차차 좋은 데를 골라보지 그랬니."

"어디 처음부터 입에 맞는 떡이 있다더냐."

되풀이되는 내용이었다.

'아무 데라도 받아주는 곳이 없어요, 입에 안 맞는 떡도 없어요.' 라고 속으로 중얼거리면서도 차마 입 밖으로 내뱉지는 못했다. 취직하려고 발버둥 치다가 실패하고 도서관에 도피해 있는데, 위로의 말은 고사하고 달달 볶아대니 죽을 맛이었다. '그냥 말없이 공부만 하자.

지금 처지에 친구도, 은사도, 부모도 어쩔 수 없다. 오직 나 자신이 개척해 나가야만 한다.' 추적추적 궂은비가 포도 위를 적시거나, 불어오는 바람이 낙엽을 마구 포도 위에 굴리거나, 이랬거나 저랬거나 두 달간을 꾸준히 도서관에 나갔다.

11월 초순에 다시 서울시 교육위원회에 들렀다. 공립학교 임용고시가 궁금해서다. 그러나 청천벽력의 소식을 듣게 되었다. 올해는 그 시험이 없어졌다는 것이다. 작년에 뽑아 놓은 사람도 자리가 없어 발령을 못 내주고 있는 형편이란다. 그러면 어떡해야 한단 말인가. 온몸에 힘이 빠지고 눈앞이 아뜩했다.

답답하여 모교를 다시 찾아갔다. 이번에는 교수가 아니라 행정본부였다. 학생과 직업보도계 창구 앞 게시판에 사원 모집의 광고지가 꽤 많이 붙어 있었다. 거의 이공·법정·상경 계통 출신을 뽑는다는 내용이었다. 그중 맨 구석에 전 과목 교사 초빙 문구가 확 눈에 띄었다. 자세히 보니 충청남도 서해 바다에 인접한 조그만 읍 소재지의 중·고등학교였다. 내키지 않았지만 학생과 담당 직원을 만나 사정 이야기를 했다. 그 직원은 당장이라도 채용하게 되어 있다면서 내일이라도 내려가라고 하는 것이었다. 내일 최종 결정을 하겠다며 집으로 돌아왔다. 그날 밤 잠 한숨 이루지 못하고 뒤척였다.

시골 학교로 갈 것인가. 서울에도 학교가 많건만 굳이 시골까지 가야만 하나. 가면 서울로는 못 오게 되는 것 아닌가. 별의별 생각을 다했다. 부모님께 말씀드리니 당장 가라고 성화였다. 부모님들도 현재의 내 모습을 더 이상 보고 있을 수 없었던 모양이었다. 그럴 듯한 말로 시골로 갈 것을 종용했다.

결국 가기로 결심했다. 학교로 찾아가 어제 만났던 직원에게 그 결심을 말했다. 그는 잘했다며 학교의 주소·약도·전화번호 등을 알려주며 장거리 전화까지 해주겠단다. 무조건 가기만 하면 된다는 그의 말을 믿고 이불과 약간의 옷가지와 대학교재 몇 권 등을 싸놓고 떠날 채비를 하였다.

1972년 11월 26일. 시골이지만 취직해서 사회에 첫발을 내딛은 날이니 어찌 잊을 수 있겠는가. 그러고 보니 제대한 지 5개월이 지나고 있었다. 겨울이 찾아온 걸까. 어제 저녁부터 추워지기 시작하더니 아침에는 살을 도려내는 듯하다. 만물이 얼어붙은 것 같다. 모처럼 입어보는 신사복이 어색하게 느껴졌다. 좀 쑥스러웠지만 새끼줄로 멜빵을 하여 보따리를 짊어지고 집을 나섰다. 부피가 제법 커다랗다. 어머니와 동생들이 좁은 길을 우르르 달려 나왔다. 초라하고 측은한 궁상들. 추워서 팔짱을 끼고 어깨를 웅숭그린 모습들은 더욱 그랬다. 빨리 들어가라는 내 말에 동생들은 "그럼 잘 가." 하고 어색하게 씩 웃고는 사라졌다.

어머니만 끝까지 뒤따랐다. 꾀죄죄한 몰골에 작은 몸매로 웅숭그리고 쫓아오며 보따리를 빼앗으려 한다. 버스 타는 곳까지만이라도 이고 가겠단다. 못 들은 체 부랴부랴 버스 정류장에 도착하니 웬 사람들이 그렇게 많은지 도저히 버스를 탈 수가 없다. 만원 버스가 달려와 잠깐 멈춰서 한두 사람을 토해 놓고는 그냥 내뺀다. 올라탈 엄두가 나지 않는다. 기다리는 동안 어머니가 눈물을 찔끔거린다. 취직을 못 한다고 몰아치시더니 왜 우시는지 심사를 알 수 없다.

"빨리 들어가요. 추운데 뭐 하러 따라와요. 내가 뭐 어린앤가."

와락 소리를 질렀다.

"빨리 들어가시라니깐 왜 그래요."

얼른 자리를 뜨고 싶었다. 어머니는 못 들은 체 우물쭈물했다. 돌아서서 여전히 훌쩍거렸다. 들어가라고 해도 막무가내였다. 달달달 떠는 것이 무척 추워 보였다. 마침 택시가 오길래 얼른 잡아타고 휭 하니 내달았다.

어머니를 볼 때마다 화가 치밀었다. 이제 나이 46세지만 할머니 같았다. 어쩜 그렇게 악착한 운명을 타고나 고생만 해왔을까. 학교는 근처에도 못 가봤다고 했다. 18세에 시집을 와서 아들 4형제와 딸 자매 낳아서 기르느라고 청춘을 다 바쳤다고 했다. 농사일 거들고 허드렛일 하며 온 집안을 이끌고 왔다던가. 신경질적이고 좀 모자란 홀시아버지에게 꽤나 시달림을 당했다는 어머니. 눈이 나빠 제대로 볼 수 없고 이빨도 몽땅 빠져 실제 나이보다 15년은 늙어 보이는 어머니. 어쩌다 이다지도 복을 못 타고났을까. 이 세상 여자 중에 어머니만 저주를 받은 것 같았다. 왜 하필 고생만 하는 운명을 타고났느냐 말이다. 화가 치미는 것은 유독 어머니만 고통을 겪고 있다는 생각 때문이었다. 그런 어머니를 바라보면서도 속수무책일 수밖에 없음이 더 괴로웠다.

용산 시외버스터미널에서 택시를 내려 곧바로 버스에 올랐다. 버스 안에는 승객이 거의 없어 썰렁함을 더해주었다. 창가에 앉아 성애가 낀 유리창에 무심코 이런저런 글자를 썼다가 지워버리곤 하였다. 용산을 떠난 시각이 오전 10시. 잔뜩 흐린 날씨에 을씨년스런 풍경들이

쉴 새 없이 지나갔다. 황량한 들판과 앙상한 가로수들이 꼭 내 모습처럼 느껴졌다. 그래 참 많이 변했다. 얼마 전까지만 해도 그 많던 초가집들이 거의 눈에 띄지 않았다. 서울을 벗어나자 우울했던 기분이 다소 가라앉았다. 바깥 풍경에 열중하려 했지만 엉뚱한 생각들이 머릿속을 맴돌았다.

지금 무엇하러 어디로 가느냐. 뻔한 질문을 뇌해려 본다. 패배자. 그렇다. 서울에서 패배하여 시골로 밀려가는 것이다. 소음과 오탁의 거리를 벗어나 공기 맑고 인심 좋은 시골로 간다는 운운은 한갓 변명에 지나지 않는다. 가고 싶어 간다면 이렇게 서러울 것인가. 그렇다고 누구를 원망하랴. 잘났거나 똑똑했더라면 무슨 일이든 순조롭게 될 것이 아니냐. 어쩌다가 이 모양이 되었는가.

가난한 농군의 자식으로 태어나 지금까지 온갖 고생을 했다. 농사일 중 쟁기질만 빼고는 다 해봤다. 학교에서 집에 오면 책 대신 낫이나 삽을 잡은 것이 고등학교 2학년까지 계속되었다. 풀베기도 정말 지긋지긋했다. 벨 만한 풀은 왜 그렇게 없고 뱀은 또 왜 그처럼 많은지. 겨울에도 노역은 계속되었다. 매일 소죽을 쑤어야 했지. 북데기를 떨어야 하고 방아를 찧어와야 했다. 씨뿌리기부터 가을걷이까지 쉬어본 적이 있을까. 그런 일을 하고 나면 녹초가 되었다. 그런 가운데 용케도 이 정도까지 버텨왔으니 대단하다고나 할까.

마음을 돌려보려 애쓴다. '찌든 공해를 벗어나 전원으로 가는 거야. 갈매기가 날고 물결이 출렁이는 바다가 있는 곳. 충청도는 인심이 얼마나 좋다고. 내가 자라서 공부한 곳, 천안도 충청도가 아니냐. 지금 고향을 찾아가고 있는 거다. 어디 서울에다 비기랴. 탁한 공기에 사람들이 바글거리고. 그래. 전원과 바다가 어우러진 곳. 얼마나 낭만적이냐. 게다가 순박한 학생들과 어울려 동고동락하겠지. 틈내서 공부도 열심히 해야지. 이것은 완전히 '일거사득'이다. 공부하고 건강해지고 정서가 순화되고 낭만 즐기고.' 우울한 기분을 걷어내 보려고 안간힘을 써본다.

수원을 지나면서부터 주먹 같은 눈발이 흩날린다. 올해의 첫눈이다. 목적지에 도착하니 완전히 날이 어둡다. 서울서 7시간이 걸린 아주 긴 여행이다. 멀지 않은 거리인데 버스의 속도가 너무 느린 탓일까. 어둠에 휩싸인 거리를 전등불이 비치고 있다. 낯선 곳에 도착하니 마음이 들뜬다. 여관에 짐을 풀고 간단히 식사를 한 뒤 거리를 한 바퀴 돈다. 잠자리에 들어서는 통 잠이 오지 않는다. 한참을 뒤척이다 어느 결에 잠이 들었는지 눈을 떴을 때는 여전히 추운 아침이다. 9시쯤 학교에 전화를 하니 교장이 친절하게 받는다. 미리 연락을 받아 모든 걸 알고 있다는 듯 기다리고 있으니 바로 오라고 한다.

학교는 읍의 외곽에 자리 잡고 있어 쉽게 찾을 수 있었다. 교문에 들어서니 시골학교치고는 규모가 상당하고 정돈이 잘 되어 있다. 넓은 운동장이 있고, 콘크리트 2층 교사가 세 동이나 되었다. 불현듯 교실 여섯 칸에 선생님이 전부 합해도 10명이 넘지 않았던 내가 다녔던 시골 중학교 생각이 났다. 교장실은 현관 바로 뒤층에 있었다. 교장실에 들어서니 약간 신경질적이고 다소 일그러진 모습을 한 40대쯤 되어 보이는 교장이 있었다. 그는 힐끗 쳐다보더니 자리를 권하며 앉으라고 하였다. 비좁고 초라한 교장실이지만 석유 난로가 제법 훈훈하게 타오르고 있었다.

몇 개의 우승컵과 우승기가 한 옆에 나란히 놓여있고, 여러 개의 현황판이 4면의 벽을 뒤덮고 있었다. 무슨 서류인가를 뒤적이던 교장은 일을 다 마치고서야 내 앞자리로 와 앉으면서 인사를 청했다. 순간 그가 무척 못마땅해 한다는 것을 직감으로 알았다. 눈초리가 그것을 말해주고 있었다. 간단히 인사가 끝난 뒤 모교에서 연락을 받았다며 이력서를 보자고 했다. 천천히 이력서를 훑어본 교장이 노골적으로 불만을 털어놓았다.

'아, 사람들이 무슨 일을 그렇게 한담. 기껏 이야기해 놓고서.'

얼른 알아듣기 어려운 말을 혼자 중얼거렸다. 하지만 나를 추천한 모교의 직원들을 비난하는 말투임을 알 수 있었다. 그는 내 앞자리에서 벌떡 일어나 본래의 자기 자리로 돌아가면서,

"서울서 오신다기에 잔뜩 기대를 걸었는데……"

잠시 뜸을 들이던 그가 마침내 작심한 듯 다시 말했다.

"저는 솔직한 것을 좋아합니다. 멀리 서울에서 이곳까지 찾아오셨지만 할 말은 다 해야겠습니다. 실은 내년도 학급 증설을 위해 미리 교사를 충원하려고 대학에 부탁한 것입니다. 그 대학에서 선생님을 대단히 칭찬하므로 턱 믿고 있었습니다. 선생님께서 참 실력도 좋으시고 성실하시다는 것은 충분히 알고 있습니다만, 저희 학교 형편으로는 실력보다는, 그 뭡니까, 그게 더 중요한 형편입니다. 저희 학교는 이제 출발하는 학교라서 아직 3학년도 없고 기틀이 잡히지 않았습니다. 그래서 이런 사정을 대학 당국에 충분히 말씀을 드렸는데…….

그런데 선생님은 우리 학교에 맞지 않을 것 같습니다. 우리 학교가 신설학교라 학생들의 질이 낮고 와일드하여 교사의 실력보다는 생활지도 면에 더 중점을 두고 있는 만큼 그런 선생님을 원하고 있습니다. 보아하니 선생님은 온순하신 것 같고 하니⋯⋯"

그가 다 말하지 않아도 못마땅해 하는 이유를 알 수 있었다. 실상 그럴 만도 했다. 키 160cm에 53kg인 체구. 낡아 빠진 옷과 구두. 짤막한 스포츠형 머리. 꾀죄죄한 몰골에 어디 하나 신통한 곳이 없었으니 말이다. '웬 이런 초라하고 보잘것없는 녀석이 왔을까. 요런 녀석이 실력이 있으면 얼마나 있을 것이며 능력이란 또 뭔가.' 그는 이런 생각을 하고 있음에 틀림없었다. 4년제 대학교를 우수한 성적으로 졸업하고 ROTC 장교로 복무한 서울 사람. 기골이 장대하고 늠름하고 세련된 젊은이. 이렇게 생각하고 있던 교장이라면 당연히 기가 막힐 노릇이기도 할 것이다.

그래도 그렇지 이처럼 대놓고 모욕을 주어야만 한단 말인가. 그의 언행은 너무 지나치다. 인격수양이 안 된 사람이다. 상대방의 마음에 상처를 주지 않으면서도 얼마든지 자기의 견해를 피력할 수 있는 것 아닌가. 무척 당황스러웠다. 어찌 할 바를 모르겠다. 이 순간 무엇을 어떻게 해야 한단 말인가. 당장 쥐구멍으로라도 들어가고픈 심정이라고나 할까. 창피해서 얼굴이 화끈거렸다. 아니 분노가 치밀어 부들부들 떨렸다.

'당신이 사람 모욕주려고 이곳까지 오라고 한 거야?'

불쑥 이 말이 튀어나오려 했지만 꾹 참았다.

'이 자와 대판 싸움을 한다? 그리고 문을 박차고 나온다?

순간적으로 이렇게 할까 저렇게 할까 결정짓지 못한 채 여러 생각들이 머릿속을 난무하고 있었지만 행동은 침착하게 하려고 애쓰고 있을 뿐이었다.

'모교 직원은 무조건 가면 된다고 하지 않았는가? 그런데 이게 뭐냔 말이다. 멀리까지 와서 망신이나 톡톡히 당하고 있다니.'

하는 수 없다. 그냥 서울로 가는 수밖에. 모든 걸 체념하고 말없이 천천히 일어났다. 그때 교장이 다시 앞자리에 와 앉으면서 나를 앉혔다.

"서울서 여기까지 오셨다 그냥 가시기도 안됐지만, 저희 학교도 형편이 그런 형편입니다. 실은 지금 교사를 뽑는 데가 어디 있겠습니까? 우리 학교는 내년 봄 새 학기를 위해서 미리 교사를 확보해 놓으려고 합니다. 그러니 이렇게 하면 어떻겠습니까? 지금부터 겨울방학 시작 전까지 한 달간 우선 강사로 발령을 내드리도록. 그래서 잘하시면 정식 교사로 발령을 내드리도록. 어떻습니까? 싫으시다면 저로서는 더 이상 어떻게 할 수 없습니다."

어떻게 해야 하나. 이런 수모를 당하면서까지 제의를 받아들여야 하는가. 사실 지금까지 서울 소재 학교의 교사가 되기 위해 애쓴 것이 아니냐. 지방의 학교에 가려고 했으면 어디든 갔을 것 아니냐. 서울의 공립학교 채용시험에 응시하려고 기다렸고, 그것이 취소되는 바람에 모교에 찾아갔고, 직원이 당장 가기만 하면 된다기에 온 것이 아니냐. 그런데 교장은 엉뚱한 소리를 하고 있지 않나. 이런 몰상식한 교장 밑에서 일한다는 게 얼마나 치욕이냐? 자존심 상하는 일이냐? 그냥 가버려?

간다면 자신 없으니까 도망가는 걸로 생각할 게 아닌가. 사람을 겉모양만 가지고 판단하지 말라고 따끔한 교훈을 주고 떠나도 괜찮지 않을까. 아니야 서울에서 밀려나 시골에 왔는데 여기서도 떠밀리다니. 나야말로 정말 보잘것없는 존재 아닐까. 지금까지 자신에게 허황되고 과장된 평가를 하고 있었던 것은 아닐까. 이러한 생각도 없지 않다.

망설임 끝에 그렇게 하겠다고 대답했다. 그러자 교장은 내일부터 출근하되 자신이 강사라는 사실을 의식하지 말고 교사라는 신념으로 처신해 달라고 부탁했다. 그날 독방에 월 1만 원인 하숙집을 구했다. 하숙비가 후불제라는 사실에 안도했다. 이튿날부터 출근이다. 초라하고 쓸쓸하지만 내 생애에 기록될 날이다. 취직의 첫날이요, 진정한 사회생활의 첫걸음이기 때문이다.

강사가 굳이 인사할 필요가 있느냐는 나의 주장에도 불구하고, 추운 운동장에 학생들을 모아놓고 교장은 새로 오신 선생님이라면서 나를 소개했다. 운동장 행사가 끝나고 교무실에 들어가니 담당할 시간표가 나와 있다. 주당 18시간에 시간당 강사료는 200원. 한 달 강사료를 계산해 보니 1만 4,400원이다.

알고 보니 이 학교는 고등공민학교였다가 2년 전부터 정식학교가 되었다. 남녀공학이며 상과반·농과반·인문반으로 된 종합학교였다. 상과반과 인문반은 남학생과 여학생이 각각 반쯤 섞여 있는데 농과반은 남학생만으로 되어 있다.

첫 수업은 고등학교 2학년 농과반에서 시작되었다. 3학년이 없는 학교이니 최고 학년인 셈이다. 첫 시간이라 우선 인사말부터 했다. 아까 운동장 조회에서 전체 학생에게 대충 인사말을 했지만 여기서는 정식으로 소신까지 밝히려 했다.

반장의 구령에 따라 반 전체 학생의 인사를 받고 막 수업을 시작하려는데 맨 뒤에 앉았던 우람한 체구의 한 녀석이 어슬렁어슬렁 앞으로 나왔다. 의아해서 처다보는 나를 비웃듯이 그 녀석은 말했다.

"저 변소 좀 가야겠는데요."

여러 시간 내게 수업을 받았던 것도 아닌 맨 첫 시간, 그것도 시작한 지 채 5분도 지나서 않아서, 인사도 하지 않은 채, 말하는 태도 좀 봐라, 변소 좀 보내주십시오 하는 것이 아니라 변소를 가야되겠다고. 그 순간 화가 치밀며 온몸이 떨렸다. 이 녀석이 나를 테스트하는 건가. 아니면 아이들 앞에서 망신시키겠다는 건가. 엿먹이자는 건가. 그러잖아도 찜찜하고 기분 나쁘게 이 자리에 섰는데 이놈들마저 나를 얕잡아보는 건가. 그런 생각이 들자 나도 모르게 소리를 빽 질렀다.

"안된 마. 뭐, 이런 새끼가 다 있어?"

예상치 못한 반격이란 듯 녀석은 찔끔 뒤로 물러서 뒤통수를 긁으며 제자리로 돌아갔다. 나는 이제까지 쓰던 존댓말을 버리고.

"너희들 그렇게 나오면 재미없어."

안색을 바꾸며 말했다. 무슨 내용을 어떻게 떠들었는지 모르게 한 시간을 때우고 나오는데 수군거리는 소리가 들리는 듯했다.

그렇게 해서 근무가 시작되었다. 며칠이 지난 어느 날이다. 상당히 추웠다. 수업이 없는 시간에 교무실 난로 옆에서 톱밥이 타들어가는 모습을 무심히 지켜보도 있자니, 갑자기 교무실 출입문이 확 열리며 한 녀석이 쑥 들어섰다. 키가 꽤 큰 녀석이었는데 교복의 호크도 채우지 않고 모자를 쓰고 장갑도 낀 채였다.

순간 울컥 피가 솟는 듯했다. 교감을 비롯한 여러 선생님이 계신 교무실에 들어오면서 학생놈이 인사도 하지 않고 복장 상태도 불량인 채 이렇게 무례하게 군단 말인가. 이것저것 생각할 겨를도 없이, 이런 저런 말도 없이 다짜고짜 들어오는 녀석에게 일격을 가했다. 예상치 못한 순간 명치를 되게 얻어맞은 녀석은 윽 하며 허리를 꺾었다. 그 틈을 이용하여 닥치는 대로 발로 걷어차고 손으로 후려갈겼다. 그 와중에 녀석은 후다닥 뛰더니 교감의 책상 위에 '교감'이라고 쓴 묵직한 아크릴 표지판을 집어 휘두르며,

"야, 이 새끼야. 너, 다 쳤어?"

하며 덤벼드는 것이었다. 황당한 일이 벌어진 것이다. 원 세상에 이런 일이 있나? 학생놈이 선생에게 욕설을 퍼부으며 달려들다니. 교감은 물론 앉아 있던 모든 선생들이 우 일어나 말리기 시작했다.

"야, 인마 선생님께 그게 무슨 짓이야."

"야! 그만하지 못해."

선생마다 한마디씩 던지자 학생주임이 녀석을 꽉 붙안고 밖으로 나간다. 교무실은 완전히 아수라장이다. 학생이 덤벼든다는 것이 얼마나 치욕이냐? 그러나 나 혼자만 당한 것 같지가 않다. 적어도 그 자리에는 교감과 학생주임은 물론 많은 교사가 있지 않는가. 교사들이 어떻게 지도했기에 이 모양이란 말인가. 얼핏 보니 학생주임이 녀석

을 달래고 있다. 내게 사과하라고 종용하는 눈치다. 한참 실랑이를 벌이는 듯하더니 녀석이 내게 와서 잘못했다고 한다. 진정성이 의심되고 마지못해 형식적으로 하는 사과인 것 같다. 교사들이 내게 눈짓을 보내온다. 대충 무마하라는 뜻이다. 앞으로 또 그러한 태도를 보이면 즉각 퇴학시켜 버리겠노라고 엄포를 놓고 일을 끝낸다.

이튿날 아침 교직원 회의 때 교장은 학생 구타를 금해 달라고 부탁했다. 대개 젊은 선생님들이 그런 실수를 저지르는데, 학생이 잘못하면 우선 선도해야지 무조건 때리면 되겠느냐? 학교는 군대가 아니라는 것을 명심해 달라고 하였다. 어제의 사건이 교장의 귀에 들어간 모양이었다. 내가 관계된 사건을 공개 석상에서 이야기하는 것이었다. 강사인 주제에 학생의 잘못을 지적하거나 훈계하지도 않고 무조건 두들겨 패났으니 모든 게 끝났다는 생각이 들었다. 학생의 기강을 잡는데 교사들이 좀 더 적극적이어야겠다는 말은 끝내 없었다.

뒤에 안 일이지만 녀석은 문제아 중에서도 거물급이었다. 아버지가 읍내 하나뿐인 목욕탕 주인이며 이 학교 육성회 회장이라는 것이었다. 그런 배경에 원래 드세고 난폭해서 교사들도 녀석의 안하무인의 태도에 대해 쉬쉬해왔다는 것이다. 내가 멋모르고 일을 벌인 것이지 사정을 안다면 결코 그러지 못했을 것이란 소문이 파다했다. 구차하게 매달려 있을 학교가 아니기에 두려운 생각은 결코 없었다. 어쨌거나 세월은 흘러가고 있었다.

어느 날 퇴근길에 한 교사가 귓속말로 함께 퇴근하자고 했다. 무슨 일인가 했더니 새로 부임했다고 한잔 내겠단다. 참석해보니 7명의 남자 교사가 모여 있다. 모두 총각이라는 것이다. 그들은 '총각당'이란 모임을 만들어 어울려 왔는데, 내가 총각이라는 사실을 서무실에서 알았다고 하였다. 오늘 환영식을 한다고 했다. 그들은 내가 강사라는 사실을 모르는 것 같았다. 이 모임의 회장은 나이가 가장 많은 사람이 맡게 되는데 박이라는 성을 가진 수학 선생이었고 34세였다. 그는 전체를 대표해서 인사말을 했다.

"불명예스럽지만 아직도 제가 이 자리를 지키고 있어 죄송합니다. 오늘 새로운 당원을 맞이한 기쁨을 다 함께 나누고자 조촐한 자리를 마련했습니다."

참석자들은 웃었다. 좀 젊어 보이는 축들은 쾌활하게 웃었지만 늙어 보이는 사람들은 쓸쓸히 웃었다. 그들은 한결같이 초라하고 어딘가 한 구석이 비어 있는 듯했고 그래서 가엾게 생각되었다. 술잔이 몇 순배 돌아가고 분위기가 무르익자 자리가 흐트러졌다. 말이 많아지고 음담패설을 하며 낄낄거리고 왁자지껄 요란스러웠다. 내 바로 옆에 앉아 있던 훤칠하게 키 큰 선생이 친절한 척하며 말을 던졌다.

"어쩌다가 여기까지 굴러왔소. 안됐시다."

"글쎄요. 나도 모르겠시다. 어쩌다가 여기까지 굴러왔는지."

깔깔 웃는 소리가 여기저기서 들려왔다. 이 사람들은 모두 서울이나 대도시에서 자리를 구하려고 아등바등하다가 밀려왔다는 것이다. 그래서 기회만 되면 떠나려고 작정하고 있으며, 여기서는 될 대로 되라는 식으로 그냥저냥 세월만 축내고 있다고 한다. 그들은 술을 벗 삼아 자학으로 나날을 보내고 있다고도 한다.

어느 날 저녁 식사 후 "곽 선생 계시오?"하며 한패의 선생들이 들이 닥친다. 총각당에서 만난 교사도 한둘 끼어 있다. 내가 타관에 홀로 와 있어 심심해 할까 봐 찾아오는가. 어안이 벙벙해 있는데 그들은 방석 하나만 내어 놓으란다. 그리고는 빙 둘러앉아 화투 노름을 시작한다. 내게도 함께 하자는 제안이 있었지만 못한다고 하니 순순히 빼준다. 그들이 노름을 하는 사이 나는 졸음을 참지 못하여 귀퉁이에서 잠을 잔다. 밤 12시가 되어서야 그들은 자리를 뜬다.

내 옆방에 숙이라는 1학년 농과반 여학생이 자취방을 얻어 들어왔다. 1학년 학생치고 키가 크고 의젓하다고 생각되었다. 공장에 다니는 오빠와 중학교에 다니는 여동생, 이렇게 셋이서 함께 산다고 했다. 그 학생이 내 도시락을 학교까지 갖다주는 등 잔심부름을 곧잘 해주었다. 그 숙이를 통해 몰랐던 학교 사정을 많이 알게 되었다.

교복을 입어서 알아보기 쉽지 않지만 24세 된 여학생을 비롯하여 학생 중에 20대가 여러 명 있다는 것이다. 그들 남녀 사이에 애인 관계가 많으며 여학생 수가 적다 보니 그들을 차지하려는 남학생 간에 암투가 치열하다는 것이다. 현실은 여학생이 마음 먹기에 따라 상대편 남학생이 바뀌게 마련이라는 것이다. 고등공민학교에서 정규학교로 전환되는 과도기의 어쩔 수 없는 현상인지도 모른다는 생각을 하였다.

12월 하순으로 접어드는 어느 날 교장이 찾는다기에 만나러 갔다. 의외로 상당히 반갑게 맞아주었다. 한 달 전에 만나고 정식 만남은 이번이 처음이었다. 교장은 내가 자리에 앉는 것을 보고 상투적인 인사 몇 마디를 한 뒤, 바빠서 내 수업을 못 들어봐 미안하다는 둥, 확실하게 수업을 하고 학생들을 잘 다루어 아주 평판이 좋다는 둥, 한마디로 칭찬이 자자했다. 자기가 사람 평가를 애초에 잘못했다며, 앞으로 이 학교의 일꾼이 되어 힘껏 일해 달라고 부탁도 했다. 지난번 강사로 발령을 낸다고 한 말을 취소하고 처음부터 교사로 발령을 낼 것이며, 따라서 봉급도 정식 교사와 똑같이 주겠다고 했다.

정의나 양심보다는 돈에 더 집착하는 교육계의 풍토로 볼 때 이 교장은 괜찮은 사람이란 생각이 들었다. 그에게 진정 고마움을 느꼈다. '한 달간의 근무에 대해 평판이 좋다. 지금까지는 강사였지만 앞으로 정식 교사로 발령을 내겠다. 봉급도 다음 달부터 교사 수준이다.' 이렇게 말해도 어쩔 수 없는 형편이다. 그런데 소급하여 발령을 내고 봉급도 교사 수준으로 준다는 것이다.

그러잖아도 근무한 지 한 달이 가까워지자 은근히 걱정이 앞섰다. 강사 봉급으로는 하숙비 정도밖에 안 되는데 그 사이 양복 한 벌에 1만 4천 원, 구두 2천 5백 원, 잠바 3천 원 등 필요한 것들을 외상으로 샀기 때문이다. 다행히 이 고장은 교사라 하면 무엇이든지 외상이 통했다. 가령 처음 가는 술집이라도 실컷 먹고 마시고도 어느 학교 선생이라 하면 술값을 아무 때나 갖다 내라고 하였다. 교사의 대접을 톡톡히 받을 수 있는 곳이다.

서무실에 들러 봉급 봉투를 받아드니 두툼했다. 제대 후 사회에서 받아보는 첫 번째 월급이다. 이것저것 제하고도 4만 2천 원이 내 손에 쥐어졌다. 눈이 번했다. 서울의 서대문구 불광동 전수학교서는 1만 2천 원, H전수학교서는 주당 33시간 수업에 3만 원, 출판사에서는

2만 5천 원을 준다고 하지 않았던가. 이에 비해 얼마나 다행한 일이냐. 하숙비 포함 모든 외상값을 갚고도 1만여 원 정도가 남았다.

12월 24일 방학식을 했다. 이제부터 겨울방학이다. 어제 학생들에게 설문지를 돌렸다. 한 달간 수업의 장단점을 비롯하여 어떤 내용이든지 자유롭게 쓰되 무기명으로 하라고 했다. 읽어 보니 거의 모든 학생이 "참 좋았다. 계속 그렇게 해달라."는 내용이었다. 박력이 있어 좋다고도 했다. 방학 동안 서울에 있을 참인데 교무주임이 예비 고3 학생의 보충수업을 부탁했다. 교장의 지시라는 것이다. 총 6명의 국어교사 중 내가 인정받아 선택된 것이라고 귀띔해 주었다.

며칠간의 말미를 집에서 보내기 위해 1만 원을 들고 서울로 갔다. 1만 원에서 얼마를 떼어 먹을 것 몇 가지를 사들고 가니 식구들이 반가워하며 입이 함박처럼 벌어졌다. 시골 학교에서 인정받았다 해도 서울 소재 학교에 대한 미련을 버릴 수가 없었다. 서울에 머무르는 동안 또 국립도서관에 나가 모든 신문을 뒤적여 교사 초빙 광고를 찾고 서류를 갖추어 보냈다. 결과는 지난번과 차이가 없이 낙방이거나 무소식이었다. 그중 마포구의 H여고에서 시험 치러 오라는 연락이 왔다.

시험 치러 가는 날 물어물어 버스도 타고 걷기도 하며 학교에 도착했다. 우람한 캠퍼스에 웅장한 건물들. 듬직하고 그럴 듯한 학교였다. 이런 곳에서 교사로 생활하는 자체만으로도 어깨가 절로 펴질 듯하였다. 지원자들이 떼로 모여들고 있었다. 국어 교사 두 명을 뽑는데, 총 98명이 지원한 사실을 알게 되었다. 시험장에서 학부 시절의 조교를 만났다. 조교 임기를 마친 뒤 중학교 교사로 현재 근무 중인데 학교가 마음에 안 맞아 옮기고 싶다는 것이었다. 대학원을 졸업한 선배라 교수처럼 높이 쳐다보던 사람이었다. 이런 분과 경쟁을 하다니 가망이 없을 것 같았다.

시험이 시작되었다. 문제지 한 장에 답안지 네 장이었다. 문제는 두 개였는데 하나는 "훈민정음 서문을 학생들에게 가르치고 나서 시험 문제를 내려고 한다. 주관식 2문제, 객관식 4문제를 내고 답을 달고 왜 그 문제를 내게 되었는가의 동기를 쓰시오." 두 번째는 첫 번째 것과 같은 요령에 「정과정곡」이라는 고려시대의 가요였다.

'또 나왔구나.' 지난여름 D여고에서도 훈민정음 서문이 출제되었던 것이다. 사실 D여고 실패 이후 훈민정음은 물론 고문에 대해서 상당히 공부를 했다. 불현듯 동대문 도서관이 떠올랐다. '좌석번호 1번. 그렇지. 3층이었어. 들어가서 오른쪽 맨 구석. 거기는 늘 아침 햇빛이 비치고 있었고 창이 높아서 바깥 구경하기가 불편했어. 도서관 벽을 따라 난 길거리를 지나가며 외치는 장사치들의 고함소리가 시끄럽게 들렸지. 그때 공부해 놓은 것이 이제야 빛을 발하게 되었구나.'

시간이 다 차도록 빽빽이 답을 써나갔다. 자신이 있었다. 이튿날 무교동 낙지집에서 친구 K를 만나 시험 친 이야기를 하였다. 그는 집안이 넉넉하여 대학원에 다니고 있었다.

"일주일 후면 합격자를 발표한다는데 내가 합격하면 교육계가 썩지 않았고 불합격하면 썩었다는 증거다. 두고 봐라. 발표일에 다시 진탕 마셔도 될 것이다."

한잔 마신 김에 큰소리를 쳤다. 그만큼 자신이 있었다.

"그래 잘해봐라, 잘될 거다."

K는 말은 이렇게 하면서도 '이놈이 공연히 객기를 부리는구나. 되긴 뭐가 되냐? 어림도 없는 소리다.' 하는 태도였다. 며칠 후 H여고에서 등기우편이 왔다.

"귀하의 합격을 진심으로 축하드립니다. 면접하러 며칠까지 오십시오."

주체하지 못할 기쁨에 그 편지를 휘두르며 방 안을 맴돌았다.

'그러면 그렇지. 교육계는 누가 뭐래도 아직은 양심적이다. 그래, 돈과 배경이 판치는 세상이라지만 꼭 그런 것만도 아니다. 지성이면 감천이다.'

면접하는 날. '필답시험에 합격했으니 임용을 위한 서류를 받아가라고 하겠지. 교장이 며칠부터 출근하라는 이야기를 하겠지.' 아침밥도 먹는 둥 마는 둥 집을 나섰다. 온 세상이 나를 위해 존재하는 듯하였다. 지난번 왔던 곳이기에 쉽게 교문을 거쳐 면접 장소에 들어섰다. 벌써 여러 명이 서성거리고 있었다. 거기가 면접자 대기실이었는데 웅성거리는 사람들이 각 과목 합격자인 줄 알았더니 그게 아니었다. 그들 전부가 국어 시험 합격자였고 면접에서 또 여러 명이 탈락한다는 것이었다. 맥이 빠졌다.

대기실서 기다리던 지원자들이 차례대로 불려 어디론가로 들어갔다가 한참 만에 나왔다. 기다리는 동안 100여 개가 넘는 항목이 담긴 설문지를 적성검사 용지라며 작성하라고 했다. '참 교사 되기 힘들구나. 필답시험에 합격하면 다 되는 줄 알았더니 그게 아니었구나.' 종종 '그는 평생을 교육계에 몸 바쳐 숱한 역경을 딛고' 운운하는 글귀를 본 적이 있다. 그때마다 누구든 싫어하는 교육계에 그만 유독 투신했기 때문에 존경을 받는 모양이라고 생각했다. '그런데 이게 뭐냐, 나도 평생을 교육계에 몸 바치려고 작정했는데 받아주질 않다니.'

드디어 내 차례가 왔다. 안내자를 따라 이사장실이란 팻말이 붙은 곳으로 들어갔다. 으리으리한 방이었다. 거기에는 몇 사람이 빙 둘러앉아 있었다. 한 사람이 질문하고 나머지는 묵묵히 뭔가를 적어가며 주시했다. 면접은 길지 않았다. 질문자는 나의 교사 경력이 한 달밖에 안 된 사실을 알고 놀라는 것 같았다. "우리 학교는 어느 정도의 경력이 있으신 분을 원합니다."

이 말을 듣는 순간 '틀렸구나.'라는 느낌이 왔다. 시골 학교로 내려갈 날짜가 다가올 때까지 H여고에서는 아무 연락도 오지 않았다. 서울에서의 꿈은 다시 접어야 했다. 다시 시골 학교 생활이 시작되었다.

3월이 되면서 새 학년이 시작되었다. 고등학교 1학년 담임과 함께 학생과 상벌계를 맡게 되었다. 1학년 세 반 중에서 여학생이 없는 농과반이다. 상벌계는 학생들의 상과 벌을 담당하는 부서다. 아마도 지난해 목욕탕집 아들을 두들겨 팬 것이 작용한 배정인 듯하다.

상벌계로서 제일 먼저 착수한 일이 전체 조회 불참자에 대한 단속이었다. 한 주일이 시작되는 월요일 첫 교시에 전교 학생이 운동장에서 교장의 훈시를 듣고 중요 사항을 전달받는 모임이 전체 조회다. 이 조회에 많은 학생들이 불참하는 사실을 알게 되었다. 운동장에 도열해 있는 학생들을 죽 훑어보다가 낌새를 챘다. 짚이는 게 있어 교실로 가보았더니 아니나 다를까. 십수 명이 난로 주위에 둘러앉아 잡담을 하고 있다. 원래는 주번 한 명만 남게 되어 있었다. 모든 학급이 한결같았다. 대개가 그 반에서 주먹깨나 쓰는 녀석들이다. 3월이라고는 하지만 쌀쌀한 날씨에, 1주일에 단 한 번이라고는 하지만 운동장에 나가기 싫었던 모양이다.

월요일 아침마다 각 반을 돌며 남아 있는 녀석들을 운동장으로 내모는 일이 반복되었다. 녀석들은 주로 몸이 아프다는 핑계를 대었지만 곧이듣지 않았다. 하지만 내보낸 녀석들의 태반이 운동장이 아닌 그 반대편 뒷산으로 도망쳤다. 그곳 무덤가에 삼삼오오 짝을 지어 히히덕거렸다. 이번에는 뒷산으로 내달렸다. 거기서 잡은 녀석들을 줄줄이 몰고 내려왔다. 이런 식으로 상벌계란 직책에 걸맞게 규율을 하나하나 잡아가기 시작했다. 학교에서도 인정해주고 하기 싫은 일도 아니라서 그럭저럭 마음 붙이고 잘 적응해 나갔다.

그럼에도 불구하고 찌뿌듯한 감정이 내면 깊숙이 자리 잡고 있음을 숨길 수 없다. 서울에 대한 미련 때문이다. 서울에서 밀려나 여기까지 와 있다는 자체가 자존심 상하는 일이었다. 여전히 광고 보기를 게을리하지 않은 이유가 여기 있다. 하지만 새 학기가 시작되자 광고는 더 이상 보이지 않았다. 그러던 어느 날 3월도 중순에 접어들었을 무렵 모처럼 만에 교사 초빙 광고가 눈에 확 들어왔다. 학교 이름은 생략한 채 무슨 사서함으로 서류를 보내게 되어 있었다.

기간 안에 서류를 갖추어 제출했고 며칠 후 시험을 치러 오라는 편지가 왔다. 발신처를 보니 전수학교일 것이라는 예상을 깨고 정규고등학교로 전부터 그 이름을 알고 있던 학교다. 결근계를 내고 서울로 올라와 응시하였다. 학교에 가보니 그 규모가 상당하였다. 4,5층 되는 석조 건물이 즐비하였다. 시험은 전처럼 필기가 아니었다. 직접 수업을 하는 형식이었다. 몇 사람이 지원을 했고 내가 몇 번째로 테스트를 받는지 알 수 없었다.

수업할 교실에 들어서니 교탁과 교단·칠판 등이 갖추어져 있고 교실 안에는 정장한 신사 대여섯이 앉아 있다. 그중 한 사람이 고등학교 국어 교재를 내밀면서,

"아무 곳이나 정해 수업을 해보시지요. 여기 앉아 있는 분들을 학생으로 간주하고 하시는 겁니다. 벨이 울리면 시작하여 벨이 울리면 끝내시는 겁니다."

벨이 울렸다. 조지훈의 시 「승무」를 택해 시작하였다. 며칠 전 시골 학교에서 수업한 기억을 떠올리니 자신감이 생겼다. 점차 강의에 도취되어 갔다. 얼마쯤 시간이 지났는지 찌르릉 찌르릉 끝나는 벨이 울렸다. 수업을 마치고 교탁에서 내려오니 앉아 있던 사람들 중 한 명이 채용 여부는 며칠 후 통보해 주겠다고 했다.

다시 시골 학교로 내려와 시치미를 떼고 근무하였다. 며칠 후 면접을 보러 오라는 연락이 왔다. 시간에 맞춰 면접 장소로 찾아갔다. 여비서의 안내를 받아 간 곳은 바로 이사장실이었다. 규모가 어마어마하고 치장이 휘황찬란하였다. 아방궁이 이 정도였을까. 그곳에 이사장은 제왕처럼 앉아 있었다. 그는 자리에 앉기를 권하자마자 곧바로 말을 꺼냈다.

"선생님을 우리 학교에 모시기로 했습니다. 선생님보다 학벌 좋은 지원자가 여럿 있었지만 선생님으로 최종 결정했습니다. 언제부터 출근하실 수 있는지요?"

우리 학교로 모시기로 했다는 말에 귀가 번쩍 했다. 이게 꿈이냐 생시냐. 그렇게도 절박하게 꿈꾸던 서울 소재 학교에 교사가 되다니. 그것도 전수학교가 아닌 정규학교 아니냐. 흥분된 감정을 억누르려고 노력하였다.

"바로 출근할 수 있습니다."

"서두르지 않으셔도 됩니다. 형편되는 대로 해도 됩니다. 열흘도 좋고 한 달, 두 달도 좋고 이번 학기 끝나고 2학기부터 오셔도 됩니다."

"아닙니다. 다음 월요일부터 출근하겠습니다."

"그럼, 그렇게 하십시오. 다음 월요일부터 출근하시는 걸로 알고 있겠습니다. 그리고 참 세상을 그렇게 비관적으로만 보지 마십시오. 실은 선생님의 자기소개서를 보고 채용을 결심했습니다."

이사장의 말을 듣는 순간 응시서류와 함께 자기소개서도 제출한 것을 기억했다. 이 세상은 돈과 배경과 사교성이 없이는 살아가기 힘들다. 나는 이 세 가지가 모두 없으니 대책이 없다. 실력이나 기르는 수밖에 운운. 이런 내용이 이사장 보기에 비관적이었던 모양이다.

"선생님께 부탁이 있습니다. 우리 이사장이 사람 하나는 알아볼 줄 안다는 소리를 들을 수 있도록 근무에 임해 주시기 바랍니다."

"명심하겠습니다."

그 길로 바로 시골로 내려와 사표를 제출했다. 교장은 깜짝 놀라며 무슨 일이냐고 물었다. 대학원에 진학하여 공부를 하겠다고 말했다. 교장은 대학원은 핑계에 불과하고 서울 소재 학교로 가는 모양인데 붙잡을 생각은 없다, 다만 학생들을 생각해서 이번 학기가 끝날 때까지만 있어 주었으면 좋겠다고 했다. 그럴 수 없는 처지라고 말했다. 정 그렇다면 옮겨가려는 학교 이름을 알려 달라. 그곳 교장에게 연락하여 충분히 양해를 구하겠노라고 하였다. 학교로 가는 것이 아니라고 잡아떼었다. 그럼 한 달간만 여유를 달라고 했다. 그동안 교사를 구해보겠다는 것이다.

당장 가야만 한다고 말했다. 늦어지면 천신만고 끝에 합격한 서울 학교에서 밀어낼 것만 같았다. 어서 달려가 근무를 해야만 마음이 놓일 것 같았다. 안 된다고 완강하게 나오자 이번에는 1주일만이라도 봐달라고 애걸하다시피 하였다. 끝까지 아무 대답도 하지 않았다. 낌새를 눈치챈 교장이 이번에는 막 나왔다.

"당신 같은 사람은 교사 자격이 없어. 학생들을 저렇게 내버려두고 가버릴 수 있는 거야? 문교부 장관이 큰 잘못을 했어. 당신 같은 사람에게 교사자격증을 주다니. 아! 갈 테면 사람을 구해 놓든지, 아니면 사람을 구할 때까지는 있어야 할 것 아냐? 어디 두고 보자구. 안 먹겠다구 침 뱉고 돌아선 우물 다시 안 먹나?"

아무리 심한 말을 들어도 할 말이 없었다. 아무 말 없이 교장의 꾸지람을 들으면서 속으로 사죄했다. '정말 죄송합니다. 잘못했습니다. 용서해주십시오. 무슨 말로 꾸짖더라고 달게 받겠습니다. 하지만 제 처지도 이해해 주십시오. 훌륭하신 교장 선생님! 고마우신 교장 선생님! 베풀어주신 은혜 결코 잊지 않겠습니다.' 어떤 막말을 들어도 불쾌하거나 싫지 않았다. 지금까지의 호의가 고마웠고 무엇보다 서울로 간다는 기쁨에 어떤 굴욕도 참을 수 있었다. 한참을 난리 치던 교장이 갑자기 목소리를 낮추어 조용히 말했다.

"정 그렇다면 할 수 없지요. 내일 학생들에게 인사나 하고 떠나시오."

"떠날 때는 말없이 조용히 가는 것이 좋지 않겠습니까? 그냥 떠나게 해주십시오."

"무슨 죄라도 지었습니까? 몰래 떠나게. 죄짓지 않았으면 떳떳이 인사하고 떠나는 것이 도리입니다."

이튿날 원래는 없는 전체 조회를 소집하고 모든 학생들 앞에서 학교를 떠나가게 되었다는 인사말을 하였다. 갑작스럽게 떠나게 되어 정말 미안하게 생각한다는 내용이었다. 조회가 끝나고 교무실에 들러 교사들에게 간단한 인사를 하고 밖으로 나오니 운동장을 세로로 질러 교문에 이르기까지 두 줄로 학생들이 죽 도열해 있다. 그들이 그 사이를 지나가는 내게 손을 흔들어 주었다. 안녕히 가십시오, 건강하십시오 하는 말도 잊지 않았다. 얼굴이 확 달아올랐다. 부끄럽기 짝이 없다. 야멸차게 자신들을 배신하고 겨우 네 달 만에 떠나는 사람에게 이렇게 환대를 해주다니. 낯을 들 수가 없다. 차라리 못 본 채 무시하고 보내주었으면 마음이 더 홀가분할 것을. 정말 죄지은 사람처럼 고개도 들지 못하고 부랴부랴 운동장을 벗어났다.

미리 떠날 준비를 해놨기에 학교에서 나오자마자 금방 버스에 올라 서울로 향하였다.

'구하라. 그러면 얻을 것이요, 두드려라. 그러면 열릴 것이다.'

그렇게 안달하며 염원하던 서울 소재 학교의 교사가 되어 가는 것이다. 이렇게 해서 역사적인 서울에서의 첫 출근은 1973년 4월 9일 월요일에 이루어졌다. 제대 후 9개월이 지난 때의 일이다. 아! 어찌 이 날을 잊을 수 있겠는가.

(1973. 6)